Philipp Kaul

Don Mor~

AF221824

Philipp Kaul

Don Moro

Tragikomödie - Lesedrama

Bibliografische Information der Deutschen
Nationalbibliothek:
Die Deutsche Nationalbibliothek verzeichnet diese
Publikation in der Deutschen Nationalbibliografie;
detaillierte bibliografische Daten sind im Internet über
http://dnb.dnb.de abrufbar.

Coverbild: Philipp Kaul

Herstellung und Verlag: BoD – Books on Demand,
Norderstedt

ISBN: 978-3-7568-5882-8

Inhaltsverzeichnis:

Anmerkung des Autors

Zweifelsohne wird man dieses Werk als Theaterstück aufführen können. »Don Moro« dient aber vor allem als Lesedrama.

Dramatis personae

Ernesto Salvatore di Moro, auch Don Moro genannt

Laura Evangeline di Moro; geb. Rombrasteux – Ehefrau Don Moros

Massimo di Moro – ältester Sohn

Battista Renzo di Moro – jüngster Sohn

Annamaria di Moro – älteste Tochter

Vittoria di Moro – jüngste Tochter

Alvaro Sala-Rinaldi – in Vittoria verliebt

Donatella della Rovere, Contessa – Mutter Don Moros

Luigi Palumbo – Bediensteter und Sekretär Don Moros

Guido Giordano – Bediensteter Don Moros

Silvia Rizzi – Kameradin Annamarias und Theaterschauspielerin

Flavia Loredana Testa – in Battista verliebt

Francesco Prosperiti, Dottore – der Arzt

Hector von Döber, Dottore – ein Arzt

Klientel Don Moros

Charaktere ohne hohen Wert

Erster Akt

Erste Szene

Ort: Herrenhaus Lacasa der Familie di Moro, irgendwo in Süditalien; Kabinett Don Moros: Don Moro liegt auf der Ottomane, Dottore sitzt auf einem Sessel daneben.

DOTTORE: Können Sie das genauer beschreiben?

DON MORO: *ein wenig empört* Habe ich das nicht schon oft genug?

DOTTORE: Es geht öfter.

DON MORO: Phlegma, Dottore, Phlegma; es sitzt mir wie unterm Zwerchfell. Ich fühle, wie es mich von innen zerreißen will.

DOTTORE: Beschreiben Sie dieses Gefühl.

DON MORO: *sieht Dottore an* Nun ich hege ein Desinteresse an allerlei Dingen. Früher war ich nicht so – ich bin krank, verstehen Sie? Und ich werde kränker, je länger ich hier sitze.

DOTTORE: *kritzelt in sein Notizbuch* Desinteresse… an allerlei Dingen… *kritzelt weiter* Sie wissen, dass Sie vielleicht nicht krank sein könnten?

DON MORO: Wieso fühle ich mich dann so?

DOTTORE: Psychosomatik.

DON MORO: Ihre Worte sind ein Rätsel für mich, kommen Sie zur Sache.

DOTTORE: Leiden Sie vielleicht an Depressionen? Migräne?
Ihr Körper, Ihre Psyche, war sie in letzter Zeit heftigen
Angriffen ausgesetzt?

DON MORO: Angriffe? Weder das noch Depressionen und
Migräne… obwohl… wenn Sie »Angriffe«, schon erwähnen…

DOTTORE: *wird aufmerksamer* Ja?

DON MORO: *seufzt gelangweilt* Mein jüngstes Kind, meine
Tochter Vittoria, im vergangenen Monat hat sie diesen Sala-
Rinaldi kennengelernt, einen italienischen Frischlingsanwalt
mit Wurzeln in Ungarn.

DOTTORE: Und Sie mögen ihn nicht?

DON MORO: Ich kenne ihn nicht einmal – das ist das
Problem. Meine Vittoria, bildhübsch, von hohem Intellekt,
willensstark und empathisch, hat Augen für so einen
italienisch-ungarischen Juristen, der aussieht wie ein
Deutscher und sich nicht einmal darum bemüht, sich der
Familie seiner Verehrerin vorzustellen. Hätte meine
Schwester Rosa damals so einen Freund gehabt, hätte
Mamma schon längst Mussolini kontaktiert… aber der ist
inzwischen schon tot.

DOTTORE: *nickt* Ich verstehe.

DON MORO: Ich befürchte das Schlimmste: Dieser Sala wird
sie heiraten wollen.

DOTTORE: Aber ist das nicht schön? Ihre Tochter glücklich zu wissen?

DON MORO: Verheiratet und glücklich sein ist nicht dasselbe… außer in meinem Fall. Wenn ich mit diesem Rinaldi nicht zufrieden sein kann, wird die Familie es auch nicht sein.

DOTTORE: Und gegen die Familie darf man sich nicht stellen?

DON MORO: Niemals. Das ist ein Sakrileg.

DOTTORE: Ich verstehe.

DON MORO: *schüttelt den Kopf* Wie beschämend muss es wohl für Annamaria und Massimo sein, wenn ihre jüngeren Geschwister ein Pendant gefunden haben.

DOTTORE: Signore Battista hat eine Partnerin?

DON MORO: Flavia Testa, aber Battista scheint noch kein großes Interesse an ihr entwickelt zu haben. Dennoch, auch für mich ist es nicht gut, wenn meine Ältesten nicht verheiratet sind – zumal Massimo das Geschäft übernehmen wird, wenn ich meine Ruhe brauchen werde.

DOTTORE: Und was hält Donna Laura von der Liaison zwischen Vittoria und Sala-Rinaldi?

DON MORO: *entschlossen* Sie ist natürlich meiner Meinung.

DOTTORE: Nun, ich erlaube mir keineswegs, ein Urteil zu bilden, aber Sie könnten doch einfach mit Signorina Vittoria darüber sprechen.

DON MORO: *wirft einen anmaßenden Blick auf Dottore* Denken Sie, das hätte ich nicht gemacht? Sie hört einfach nicht mehr auf mich, meine kleine Vittoria, dabei war sie früher immer so gehorsam, hat immer gemacht, was wir ihr sagten. Sie war immer so gut…

DOTTORE: Und jetzt ist sie es nicht mehr?

DON MORO: Natürlich ist sie immer noch gut, aber gegen den Willen der Familie stellt man sich nicht. Das bringt nichts Gutes, weder für einen selbst noch für die Familie.

DOTTORE: Also sind Sie um die Familie besorgt?

DON MORO: Wenn ich um mein Kind besorgt bin, dann auch um die Familie.

DOTTORE: *kritzelt in sein Notizbuch*

DON MORO: Das schreiben Sie auf?

DOTTORE: Wenn ich Ihnen helfen soll, dann nur damit.

DON MORO: Wenn Sie meinen…

DOTTORE: Haben Sie dieses träge Gefühl eher durch das Handeln Ihrer Tochter oder durch die E-xis-tenz Sala-Rinaldis?

DON MORO: Es ist alles, alles kränkt mich.

DOTTORE: Alles? Determinieren Sie diesen Begriff.

DON MORO: Haben Sie mir die letzten eineinhalb Stunden eigentlich zugehört?

DOTTORE: Als Psychologe muss ich jedes Detail wissen.

DON MORO: Haben Sie Ihre Dissertation nicht über eine podologische Amputationsdisziplin geschrieben?

DOTTORE: Ich habe zwei Doktorgrade.

DON MORO: *hebt erstaunt die Brauen*

DOTTORE: Ich würde nun unsere Sitzung beenden, Signore di Moro. Ich werde morgen wieder kommen und unsere Gesprächstherapie fortsetzen. *Steht auf und packt sein Notizbuch in seine Jackettinnentasche*

DON MORO: Dottore Prosperiti, verschreiben Sie mir doch bitte Medikamente!

DOTTORE: Entschuldigung, aber das kann ich im Moment nicht. Ich muss erst Ihre Erkrankung diagnostizieren, bevor wir mit medikamentöser Behandlung fortfahren können.

DON MORO: Das heißt, Sie wissen nicht, was meinen Körper befallen hat?

DOTTORE: Die Arbeit eines Arztes basiert auf Tatsachen, Empirie und Überprüfungen; alles braucht seine Zeit.

DON MORO: Solange Sie mich in nächster Zeit heilen…

DOTTORE: Ich habe es geschworen, Signore di Moro, ich habe einen Eid abgelegt, den ich zu brechen selbst in kühnsten Träumen nicht imstande wäre.

DON MORO: *steht auf* Sie sind ein guter Mann, Dottore, ein guter Mann. *Reicht ihm die Hand* Dann sehen wir uns morgen.

DOTTORE: Ciao, Signore di Moro.

Dottore und Don Moro schütteln Hände. Dottore bleibt stehen und sieht Don Moro an.

Stille.

DON MORO: Dottore, haben Sie etwas?

DOTTORE: Ähm, die Zahlung, Signore di Moro.

DON MORO: *grinst* Natürlich, natürlich, die Zahlung. *Geht zum Schreibtisch und öffnet eine Schublade* Hier ist die Summe für die heutige Stunde: 2.000.000 Lire. *Reicht dem Dottore das Geld*

DOTTORE: *schiebt es sich in die Jackettinnentasche* Danke sehr. *Dottore ab.*

Zweite Szene

Luigi und Guido betreten das Kabinett.

DON MORO: Ah, Luigi, Guido, kommt rein. *Setzt sich auf seinen Stuhl* Ich bin froh, dass ihr beide da seid – der Dottore hat meine Sinne bis zum Maximum ausgeschöpft.

GUIDO: Er schien ganz zufrieden zu sein, als er aus Ihrem Büro kam.

DON MORO: Bei der Bezahlung, natürlich. *Nimmt eine Zigarre in den Mund* Also, kommen wir zum Geschäft.

Guido und Luigi setzen sich auf die Stühle vor dem Schreibtisch.

DON MORO: Wie laufen die Fälle in der Schweiz?

GUIDO: Direktor Heidefeld wird den Endbetrag pünktlich unserem Konto in Russland überweisen.

DON MORO: Luigi, sag mir, dass die Türken noch im Spiel sind.

LUIGI: Sind sie, Signore.

DON MORO: Gut, dann bleiben wenigstens noch die Zigarren.

GUIDO: Im Foyer warten bereits ein paar Klienten, Don Moro, einer ist neu bei uns.

DON MORO: Ein Neuankömmling? Wie schön, dann scheinen wir unsere Arbeit ja gut zu verrichten. Führt sie gleich hinein, ich will nicht zu viel Zeit mit diesen Hoffnungslosen verbringen.

LUIGI: Ja, Signore.

DON MORO: Stellt euch vor, diese Leute kämen jeden Tag.

GUIDO: Signore, sie kommen jeden Tag.

DON MORO: *sieht Guido und Luigi nacheinander an* Verständlich.

LUIGI: *blättert in einem Gästebuch herum* Signora Gatelli ist die erste Klientin für heute.

DON MORO: Gatelli? Was hat sie schon wieder mit ihrem Gatten? Das ist doch schon der vierte oder fünfte…

GUIDO: Der Sechste.

DON MORO: *schüttelt empört den Kopf*

LUIGI: Ich führe sie hinein.

DON MORO: Bitte.

Dritte Szene

Signora Gatelli, ihr Kind, Guido, Luigi, Don Moro.

GATELLI: *entsetzt* Signore di Moro, ich brauche Ihre Hilfe.

DON MORO: *schalkhaft* Signora Gatelli, wie lange haben wir uns nicht gesehen?

GATELLI: *keuchend* Es geht um Vincenzo…

DON MORO: Wie ich sehe, haben Sie Ihren Kleinen dabei.

GATELLI: Er ist völlig durchgedreht!

GUIDO: *flüsternd zu Luigi* Und sie wohl mit ihm.

GATELLI: Er ist drogensüchtig, ein Alkoholiker und hat sein Geld in Montecarlo verspielt. Er droht, mich umzubringen, wenn ich ihm kein Geld gebe. Bitte helfen Sie mir, Don Moro, ich flehe Sie an!

DON MORO: *versucht, sie zu beruhigen*

GATELLI: Sehen Sie mein Kind! Mein armes Kind, er wird ihn töten wie mich. Bitte, Signore Don Moro, ich flehe Sie an, Don!

DON MORO: *lässig* Signora machen sich bitte keine Sorgen, wir werden uns um Vincenzo kümmern. *Gibt Guido ein Zeichen* Ich werde ein paar meiner Leute nach ihm schicken, um Klartext zu sprechen.

GATELLI: Danke, Signore di Moro, danke vielmals! *Bedankt sich auch bei Guido und Luigi*

GUIDO: Wo befindet sich Ihr Mann gerade?

GATELLI: Zuhause – *an Don Moro* Sie wissen doch, wo ich wohne?

DON MORO: Natürlich. *Gibt Guido wieder ein Zeichen Guido ab.*

GATELLI: Sie sind meine letzte Hoffnung.

DON MORO: *schmunzelnd* Das bin ich oft, Signora. Kann ich sonst noch etwas für Sie tun?

GATELLI: Sie haben schon so viel getan, Don Moro. So viel. Ich und mein Kind sind jetzt in Sicherheit – das genügt! Danke, Don Moro, ich danke Ihnen.

DON MORO: Bitte, bitte.

LUIGI: Denken Sie bitte an die Bezahlung, Signora Gatelli.

DON MORO: *unterbricht Luigi* Nein, dieses Mal müssen Sie nichts zahlen – und nun gehen Sie schon.

GATELLI: *macht einen unsauberen Knicks* Don sind zu gnädig. *Gatelli und ihr Kind ab.*

DON MORO: *nickt* Ich kann mich an sie gut erinnern…

LUIGI: Und an ihre Männer.

DON MORO: Wer ist der Nächste?

LUIGI: Signore Milano.

DON MORO: *seufzt* Welche Disziplin plastischen Vandalismus hat seine kunstvernarrte Tochter schon wieder praktiziert?

LUIGI: Er schien ganz aufgeregt zu sein, als ich ihn im Foyer stehen sah. Er zuckte und lief im Kreis umher.

DON MORO: *unbeeindruckt* Schreck.

Milano stürmt in das Kabinett.

MILANO: Don Moro, verzeihen Sie, dass ich so rechtswidrig hereinplatze, aber

DON MORO: Sachte, sachte, so beruhigen Sie sich doch, Alessio, wir haben doch genug Zeit. *Schaut auf seine Armbanduhr* Aber ein bisschen schneller, wenn's geht.

MILANO: Meine Tochter, sie ist auf dem Revier, man hat sie festgenommen.

DON MORO: Weswegen?

MILANO: Sie wissen doch, wie meine Tochter denkt und lebt.

DON MORO: *gräbt in Gedanken herum* Ja, das weiß ich. Und was soll ich Ihrer Meinung nach machen? Das Polizeirevier stürmen? Oder gleich einen Putsch gegen unsere Republik unternehmen?

MILANO: Sie können doch wenigstens versuchen, mit der Polizei zu reden und sie zu überreden.

DON MORO: Mein Clan hat nichts mit der Polizei zu tun und wird auch nichts mit ihr zu tun haben, Alessio, das wissen Sie so gut wie ich.

MILANO: *senkt aller Hoffnung beraubt den Blick*

DON MORO: Doch ich kann eine Ausnahme machen.

MILANO: *hebt voll Hoffnung den Blick*

DON MORO: *an Luigi* Schicke Massimo hin, er kann gut mit solchen Leuten reden.

MILANO: O ich danke Ihnen, Don Moro, Sie retten meine Tochter und dadurch auch mich.

DON MORO: Na na, wir wollen nicht zu hoch springen. Und ich bin mir sicher, dass Sie jetzt gleich arbeiten müssen, ist es nicht so, Alessio?

MILANO: Also eigentlich

DON MORO: Na also, wir wollen nicht, dass Ihre Arbeitgeber sich Sorgen um den abwesenden Milano machen. *Wedelt mit der Hand* Los, los, sonst kommen Sie noch zu spät.

MILANO: *gehetzt* Also… äh, und die Bezahlung, Don Moro?

DON MORO: Geht aufs Haus, jetzt gehen Sie endlich.

Milano ab.

LUIGI: Sie wollen kein Geld annehmen heute?

DON MORO: *gelassen* Zu Satan das Geld schick – ich schlafe doch schon in Geld. *Kramt in Dokumenten* Wie vielen trostlosen Seelen haben wir geholfen, Luigi? Mehr als ich Geld habe. Ich könnte das ganze Britenland für zehn Jahre mit schmackhaftester Nahrung und bequemster Unterkunft versorgen, *mit Ausdruck* capisci? Ich könnte die Deutschen einen dritten Weltkrieg gewinnen lassen. Was bedeutet mir schon Geld, he?

LUIGI: Ich werde nicht widersprechen, Don Moro.

DON MORO: *tunkt seine Zigarre in einen Aschebecher* Gott, ich habe wirklich an gar nichts Interesse. Nicht einmal Geld kann meine Geschmackszotten erfrischen.

LUIGI: Gleich ist der Neuankömmling dran.

DON MORO: *zu sich; nickt* Menschen verändern sich, daran soll man nichts auszusetzen haben.

LUIGI: Soll ich den Neuen hereinbringen?

DON MORO: Äh, natürlich.

Luigi ab.

DON MORO: Der Neue… *kratzt sich am Kopf* ein weiterer Mensch, der aus Rache, Neid oder Hass einen anderen Menschen seines Hauptes erleichtern möchte – dabei ist der andere wahrscheinlich sogar unschuldig. *Zuckt mit den Schultern* Geschäft bleibt Geschäft. Und wir Moros respektieren das Geschäft. Wir bleiben ehrenvoll und loyal gegenüber der Ratio und Moral. Ehre, ja, das ist Familie di Moro, Ehre und Loyalität. *Nickt und beaugenscheinigt einen Brief* Oh, Mamma ist in Paris. Wieso lese ich den Brief erst jetzt? CECA… was soll das darstellen?

Luigi und ein Mann treten ein.

DON MORO: *legt den Brief beiseite* Sie sind wohl ein neuer Kunde, Signore…

MANN: State, Ignazio State.

DON MORO: Gut, Ignazio, willkommen. *Steht auf und reicht State die Hand* Don Moro mein Name, aber Sie können mich Don Moro nennen. *Lacht*

STATE: *ernst* Danke, Don Moro.

DON MORO: *setzt sich wieder auf seinen Stuhl* Also, wie kann die Bescheidenheit höchst selbst einem Mann wie Ihnen unter die Arme greifen.

STATE: Die Angelegenheit, die mich zu Ihnen gebracht hat, ist äußerst vertraulich, Don Moro. Mein Auftraggeber besteht auf Diskretion.

DON MORO: *wechselt einen Blick mit Luigi* Sie wollen, dass ich Ihnen helfe, aber sagen mir nicht, wieso ich Ihnen helfen sollte? Und einen »Auftraggeber« haben Sie auch noch?

Stille. State sieht den ernst gewordenen di Moro an. Luigi sieht beide abwechselnd an.

DON MORO: *lacht und lässt sich in seinen Stuhl zurücksinken*

STATE: Wenn Sie mir nicht helfen wollen, gehe ich zu einer anderen Familie.

DON MORO: *hört auf zu lachen* Sie sind nicht von hier, wie? Süditaliens Clans leben seit langem schon in Frieden. Denken Sie, von Ihrer Diskretion wird eine andere Familie Notiz nehmen?

STATE: *sieht keinen Ausweg mehr* Nun gut, ich erzähle Ihnen ein paar Details über die Situation, aber bewahren Sie bitte Stillschweigen.

LUIGI: Der dritte Name des Don ist Stillschweigen, Signore.

STATE: *setzt sich gegenüber von Moro* Es geht um einen Mord, der verübt werden soll.

Stille.

STATE: *sieht Don Moro erwartungsvoll an*

DON MORO: Erwarten Sie etwas von mir?

STATE: … eine Frau muss getötet werden…

Stille.

STATE: … eine junge Frau.

DON MORO: *bewegt seine Hand, damit State weitermacht*

STATE: Sie ist Italienerin.

LUIGI: *unterdrückt kurz einen Lachanfall*

STATE: Ihr Vorname lautet Carla.

Stille.

STATE: Und sie gehört zur italienischen Regierung.

DON MORO: *hebt die Brauen*

LUIGI: *wird ernst*

STATE: Sie wissen nun, wer die Zielperson ist. Der Grund für ihr Sterben ist ein einfacher: Sie hat die falsche Person betrogen. Mehr brauchen Sie nicht zu wissen, Don Moro. Wenn Sie sie in weniger als drei Tagen liquidieren können, wird Ihre Bezahlung verdoppelt.

DON MORO: Verdreifacht.

STATE: *möchte etwas sagen, wird aber abgebrochen*

DON MORO: Mit der Regierung spielt man nicht so leicht, Signore State. Solch ein Arrangement fordert einen hohen Tribut.

STATE: *zufrieden* Doch man hatte mir bereits gesagt, dass Sie vor nichts Halt machen, Don. Sie sind wahrlich ein mächtiger Mann.

DON MORO: Das bin ich, in der Tat. Aber eines gibt es, vor dem ich haltmachen werde, immer: *macht eine Pause, um Dramatik zu erzeugen* die Famiglia und il buon dio. *Zeigt nach oben und grinst*

STATE: Ich verstehe.

DON MORO: Gut.

STATE: Dann wäre meine Visite auch beendet.

DON MORO: Wenn Ihnen sonst nichts fehlt.

STATE: *steht auf* Wir sehen uns gewiss wieder, Don Moro.

DON MORO: Gewiss.

State verabschiedet sich zuerst von di Moro, dann von Luigi. State ab.

DON MORO: Gerne hätte ich jetzt gesagt »Interessant!«, aber das ist es nicht.

LUIGI: Das war der letzte Klient für heute, Don Moro. Morgige Termine stehen bereits fest. *Übergibt di Moro den Katalog*

DON MORO: Ah ja, ich sehe. Letzten Endes rufen die meisten spontan an, also ist diese Liste nicht von hohem Wert. *Schiebt das Buch zur Seite* Wie tickt die Uhr?

LUIGI: Kurz vor Mittag.

DON MORO: Schreck, wir dürfen das Mittagessen nicht versäumen. *Steht auf und geht mit Luigi zur Tür* Wir sind wahrscheinlich die einzigen, die fehlen.

LUIGI: *öffnet die Tür*

DON MORO: Sag mal, Luigi, hast du von einem gewissen CECA gehört? Gestern habe ich einen Brief erhalten…

Vierte Szene

Don Moro und Luigi ab. Nach wenigen Augenblicken
kommen Annamaria und Silvia Rizzi herein.

RIZZI: Sind sie weg?

ANNAMARIA: *sieht Rizzi verdutzt an* Wir haben sie doch
gerade vorbeilaufen sehen.

RIZZI: Ich wollte mich nur vergewissern.

ANNAMARIA: Sieh dort drüben nach, beim Chiffonnier; ich
durchsuche den Schreibtisch. Die Papiere, die Luigi immer zu
den Leuten bringt, sind in einem dunkelroten Briefumschlag.

RIZZI: Mit »Leuten« meinst du wohl die Mafia deines Vaters.

ANNAMARIA: Die sind auch nur Leute.

Annamaria und Rizzi durchforsten das Kabinett.

RIZZI: Und du bist dir sicher, dass niemand reinkommt?

ANNAMARIA: Sie werden gleich zu Mittag essen – alle sind
im Speiseraum.

Sie suchen weiter.

RIZZI: Dein Vater hat schon ziemlich viele Aufträge
entgegengenommen. *Blättert in mehreren Akten herum* Hier
sind sogar welche von vor dem ersten Weltkrieg.

ANNAMARIA: Die sind wahrscheinlich von Nonna. Papa
war zu dieser Zeit noch in Montevideo.

RIZZI: Deine Großmutter war eine Mafiosa?

26

ANNAMARIA: Sie ist eine entfernte Verwandte Michele Navarras, hat mal einen Consigliere der 'Ndrangheta mit einer Schachfigur im Halbschlaf gesteinigt und ist die Patin Benito Mussolinis – sie kann nur zur Mafia gehören.

RIZZI: Wie alt ist sie?

ANNAMARIA: Frag nicht, ich weiß es nicht.

RIZZI: *lacht kurz*

ANNAMARIA: Selbst wenn, sie wird uns wahrscheinlich alle überleben.

RIZZI: *Greift nach etwas in der Schublade* Ich glaube, ich habe es.

ANNAMARIA: Die Auftragsliste?

RIZZI: *Nimmt etwas heraus* Oh, nein, das ist die Menü-Karte eines französischen Sternerestaurants.

ANNAMARIA: *verdreht die Augen* Sehr witzig. Gib mir die Liste.

RIZZI: Das war keine Ironie.

ANNAMARIA: *betrachtet verwundert die Menü-Karte*

RIZZI: Vielleicht hat Luigi sie mitgenommen.

ANNAMARIA: Er kam doch mit nichts in den Händen heraus.

RIZZI: Und dein Vater?

ANNAMARIA: Nein, Papa hat diese Liste nie, nur Luigi und...

Schritte ertönen. Die Tür öffnet sich, Guido tritt ein.

GUIDO: Buon dia, Signorinas. *Versucht zu erkennen, was sich hier abspielt* Meine Damen, was geschieht hier?

RIZZI: äh...

ANNAMARIA: *entschlossen* Papa bat mich, etwas aus seinem Zimmer zu bringen. *Versteckt die eigentlich unwichtige Menü-Karte währenddessen hinter ihrem Rücken* Er hat es vergessen und braucht es.

GUIDO: Nun, dann nehmen Sie es und bringen es ihm – er ist im Speiseraum. Sie beide werden übrigens auch erwartet.

ANNAMARIA: Das Gleiche gilt auch für Sie; der Stuhl neben Luigi ist leer.

GUIDO: Signorina Anna,

ANNAMARIA: Für Sie heißt es Donna Maria und Sie tun bitte, was ich Ihnen sage, wenn Sie keine Probleme haben möchten.

GUIDO: Ist das eine Drohung?

ANNAMARIA: Ich habe alles gesagt.

GUIDO: Sie haben in diesem Haus keine so hohe

ANNAMARIA: Ich habe alles gesagt.

GUIDO: *sieht Rizzi an, dann wieder Annamaria* Wenn dem so sein soll. Doch Ihre Familie erwartet Sie, Donna Maria – immer noch. *Öffnet die Tür und lädt beide Damen zum Ausgang ein.*

RIZZI: *möchte etwas sagen*

ANNAMARIA: Gut, wir kommen. Aber gehen Sie vor, Guido.

Guido ab.

RIZZI: Was sollen wir jetzt machen?

ANNAMARIA: Essen.

Fünfte Szene

Ortwechsel: Speisezimmer des Hauses Lacasa. Am Tisch sitzen Don Moro, Luigi, Vittoria, Alvaro und Battista. Donna Laura bereitet Besteck und Essen vor. Don Moro liest Zeitung.

ALVARO: Ich danke Ihnen, Don Moro, dass ich hier zu Tisch sitzen darf.

DON MORO: *brummt leise*

BATTISTA: Halbe Sache, Alvaro. Bei uns sind Freunde immer willkommen.

ALVARO: Ich fühle mich sehr geehrt, wirklich.

BATTISTA: Ja ja.

VITTORIA: Wie gefällt dir unser bescheidenes Haus?

ALVARO: Es ist sehr schön, wirklich. Gemütlich, altehrwürdig, offen für jedermann und stabil.

BATTISTA: *grinst* Das hast du aber gut erkannt.

DON MORO: *legt seine Zeitung nieder; zu Luigi* Ich weiß auch nicht, was Mamma sich dabei gedacht hat.

Alle sehen Don Moro an.

LUIGI: Vielleicht hat dieser Franzose sie darum gebeten.

DON MORO: *widmet sich wieder der Zeitung* Wer weiß.

VITTORIA: nun… Mamma hat heute ganz leckeres Essen zubereitet, ganz lecker.

ALVARO: *bescheiden* Ich hoffe doch nicht nur wegen mir.

30

DON MORO: Ganz sicher nicht.

Vittoria und Battista wechseln einen kurzen Blick miteinander.

VITTORIA: Was Papa damit sagen möchte: Bei uns gibt es immer gutes Essen,

BATTISTA: Leckeres Essen.

ALVARO: *nickt* Ja, ich verstehe.

Donna Laura kommt aus der Küchentür mit Weingläsern.

DONNA LAURA: Vittoria, hilfst du mir bitte mit dem Salatdressing?

VITTORIA: Natürlich, Mamma.

ALVARO: Brauchen Sie meine Hilfe, Donna Laura?

BATTISTA: Bleib ruhig sitzen.

DONNA LAURA: Das ist sehr nett, Alvaro, aber nein.

Donna Laura und Vittoria verschwinden hinter der Küchentür.

Luigi verteilt die gebrachten Gläser.

DON MORO: *legt die Zeitung nieder* Ich werde heute nur Wasser trinken, Luigi, keinen Alkohol.

LUIGI: Ich werde beides holen.

Luigi ab.

DON MORO: *liest wieder Zeitung*

ALVARO: Trinken Sie normalerweise Alkohol, Don Moro?

DON MORO: *legt die Zeitung nicht nieder* Manchmal.

ALVARO: *nickt und sieht sich sein Glas an*

BATTISTA: Wie laufen die Geschäfte, Papa?

DON MORO: *legt die Zeitung nieder* Das Übliche: Morde hier, Denunziationen da. *Lacht*

BATTISTA: *lacht mit*

ALVARO: *lacht auch mit*

DON MORO: *hört auf zu lachen*

ALVARO: *lacht weiter*

DON MORO: *liest wieder Zeitung*

ALVARO: *hört auf zu lachen*

Guido, Annamaria und Rizzi treten ein.

DON MORO: *legt die Zeitung nieder* Ah, da seid ihr ja. Setzt euch, setzt euch, Mamma bringt gleich Essen.

ANNAMARIA: Danke, Papa.

RIZZI: Danke, Signore di Moro.

GUIDO: Danke, Don.

Die Drei, die eingetreten sind, nehmen Platz. Annamaria bemerkt Alvaro.

ANNAMARIA: Alvaro! Du hier?

ALVARO: Geehrter Don Moro hat mir erlaubt, hier mit euch allen essen zu dürfen.

DON MORO: *liest wieder Zeitung*

ANNAMARIA: *sieht ihren Vater an* Das ist mal was Neues.

ALVARO: Ich fühle mich sehr geehrt, wirklich.

BATTISTA: *grinst; spaßig* Das wissen wir schon.

ANNAMARIA: Vittoria spricht ja nur in höchsten Tönen von dir.

ALVARO: Wirklich? Nun, dann bin ich sprachlos. Und geehrt, gleichsam.

ANNAMARIA: Sie erzählt uns vieles von dir.

ALVARO: Sie mir über euch auch.

DON MORO: *räuspert sich*

ANNAMARIA: Wollt ihr heiraten?

DON MORO: *hustet, erstickt fast*

ALVARO: Also, ja, also, nein… es ist noch vieles in Planung, um es vorsichtig auszudrücken.

DON MORO: *raschelt mit der Zeitung* Die Vorsicht, die Vorsicht; kommt vor der Weitsicht. *Legt die Zeitung nieder; an Guido* Hast du ein paar Leute geschickt? Für die Fälle?

GUIDO: Das habe ich. Sie sind bereits abgereist.

DON MORO: Sehr gut.

BATTISTA: Sind das wieder dieselben Klienten?

DON MORO: Und ein Neuer; State mit Nachnamen. Komischer Mann, hat nicht wirklich gesagt, was er wollte. Aber die Bezahlung wird gut sein. Und unserer Clan-Ehre ein Sprung nach oben.

ALVARO: Genießt Familie di Moro eine hohe Stellung in der Clangemeinschaft Süditaliens.

DON MORO: *nimmt die Zeitung wieder auf* Eine sehr hohe.

ANNAMARIA: Was wollte dieser State?

DON MORO: Wir wollen vor »Gästen« nicht über Geschäfte sprechen.

Luigi tritt mit Alkohol und Wasser ein; schenkt jedem Gewünschtes ein.

ANNAMARIA: Wenn es dann so weit ist,

DON MORO: *hustet*

ANNAMARIA: Werdet ihr woanders leben? Habt ihr schon eine Unterkunft gefunden?

ALVARO: So viele Gedanken haben wir uns noch nicht gemacht. Das darf dann aber Vittoria entscheiden; vielleicht bleiben wir auch hier.

DON MORO: *hustet, erstickt fast*

ANNAMARIA: Mhm, mhm, verstehe. *Lässt ihr Glas in der Luft kreisen* Wie viele Kinder wollt ihr haben?

DON MORO: *legt die Zeitung nieder und nimmt einen Schluck Wasser*

ALVARO: *wird leicht rot* Also…

BATTISTA: Das brauchst du auch nicht zu sagen, wir sind ja kein Interrogationskommando.

ANNAMARIA: Ich wollt's nur wissen.

ALVARO: Drei oder vier, kommt drauf an.

ANNAMARIA: Auf was? Auf was kommt's an?

ALVARO: Wie oft wir die Gelegenheit dazu haben werden.

DON MORO: *steht auf* Wenn ihr mich kurz entschuldigt *geht zu einem Schrank, öffnet diesen und steckt seinen Kopf hinein*

ANNAMARIA: Das ist selbstredend, wenn ihr beiden beschäftigt sein werdet, werdet ihr auch nicht so viel Zeit haben für dichten Verkehr.

DON MORO: *stöhnt*

BATTISTA: Also bitte, Anna, die Intensität unseres Diskurses erlangt ein intimes Niveau.

ANNAMARIA: Künftige Familienmitglieder müssen eben zuvor befragt werden; *zu Alvaro* bitte wundere dich nicht, das haben wir bei jedem festen Freund Vittorias gemacht.

ALVARO: *sichtlich überrascht* Ich bin nicht Vittorias erster Freund?

Battista stößt Annamaria in die Hüfte. Don Moro schließt den Schrank wieder und setzt sich.

DON MORO: *sichtlich erfreut* Da hat meine Älteste wohl einen breiten Quark beschworen.

ANNAMARIA: Sagen wir mal, sie ist nicht unerfahren.

Donna Laura und Vittoria kommen mit Essen durch die Küchentür.

VITTORIA: Wer ist nicht unerfahren?

DON MORO: Ahh, da sind ja zwei von den drei besten Frauen der Welt. Was gibt es denn nun zum Essen?

DONNA LAURA: Meine Spezialität.

DON MORO: *reibt die Hände aneinander* Das kann alles sein!

VITTORIA: Was hat es nun auf sich, mit der Unerfahrenheit? *Setzt sich neben Alvaro.*

ALVARO: *kalt* Ich wusste nicht, dass ich nicht dein Erster bin.

VITTORIA: Ich fürchte, ich verstehe nicht ganz.

ALVARO: Anscheinend – wie mir deine Familie eben unterrichtet hat – seiest du bereits mit anderen Männern zusammen gewesen, vor unserer Bekanntschaft.

VITTORIA: Ich weiß nicht, was meine Familie *wirft einen anmaßenden Blick auf Annamaria* dir erzählt hat, aber selbst wenn, was wäre so schlimm daran?

ALVARO: Vieles, Vittoria, vieles. Wenn ich mir das alles vorstelle jetzt, dann wird mir schwarz vor Augen, wirklich.

VITTORIA: Aber Alvaro

ALVARO: Nein, Vittoria, *steht auf* so langsam denke ich, du misstraust mir.

VITTORIA: Aber

ALVARO: Kein Aber, ich werde nicht

DON MORO: *mit dominierender Stimme* He, Rambo, hinsetzen.

Alvaro setzt sich ohne Trotz hin; alle schweigen.

DON MORO: Hüte deine Zunge, Sala-Rinaldi, ich sage es dir.
Unterbreche meine Tochter ein weiteres Mal und du wirst die
hohe Stellung unserer Familie zu spüren bekommen,
wirklich. Und schäme dich, so ein grässliches Porträt von dir
zu zeigen vor der Famiglia. Schweige am besten und nehme
hin, dass Liebe und Zuneigung nicht von Beginn an eine
gerade Linie einnehmen – oder es wird dir unschön ergehen
im Leben mit der Liebe, und ich schmeiße dich mit einem
Gesäßtritt fort von hier. Capisce?

*Alvaro nickt erblasst. Donna Laura beginnt langsam, das Mahl auf
dem Tisch auszustellen.*

VITTORIA: *flüsternd zu Alvaro* Nichts für ungut, vergessen
wir alles…

Sechste Szene

Es wird gegessen. Massimo tritt ein.

BATTISTA: Ah, da ist ja der Erwerbstätige.

DONNA LAURA: *kommt mit offenen Armen entgegen*

Willkommen, Massimo, schön, dass du da sein kannst.

MASSIMO: Ich freue mich ebenfalls, Familie. *Grüßt Familie und Freunde*

DON MORO: Mein Sohn, wie lange haben wir uns nicht mehr gesehen?

MASSIMO: Zwei Tage.

DON MORO: Ein Tag reicht, um meine Familie zu vermissen. Setz dich, komm.

Massimo setzt sich neben Don hin; Donna Laura legt ihm einen gefüllten Teller hin.

DON MORO: Erzähl schon, wie war die Arbeit in Venedig?

MASSIMO: Amüsant, muss ich sagen, aber Herrgott, deine Klienten sind sehr nervtötend, Papa. Ohne Guidos Onkel hätte ich es wohl nicht geschafft.

GUIDO: Er erzählte mir, dass es anstrengend gewesen wäre.

DON MORO: Nun, Sohn, wenn du später meinen Platz einnehmen wirst, musst du mit härteren Umständen kämpfen können und sie auch hinnehmen. Ein

Familienoberhaupt ist Auge, Kopf, Rücken und Fuß der Familie.

ANNAMARIA: In Sachen Kopf muss noch gearbeitet werden.

DONNA LAURA: Werd nicht frech.

DON MORO: Verantwortung, Loyalität, Ehre, Taktgefühl – das muss in einem Don stecken, das alles ist ein Don.

MASSIMO: Ich weiß, Papa.

DON MORO: Nein, das steckt nicht in einem Don, das steckt alles in einem di Moro.

RIZZI: Das sind sehr ermutigende Worte, Signore.

DON MORO: Ich glaube, das war gerade nötig. Wie dem auch sei, unser Essen wird kalt, wenn wir weiterreden.

MASSIMO: *bemerkt den stummen Alvaro* Wer sind Sie denn?

VITTORIA: Das ist Alvaro.

ALVARO: Sala-Rinaldi, Alvaro. *Steht auf und reicht Massimo die Hand* Sie sind, nehme ich an, der älteste Sohn des Don Moro?

MASSIMO: So ist es. *Schüttelt seine Hand*

ALVARO: Ich habe vieles von Ihnen gehört, Signore Massimo.

MASSIMO: Sie dürfen mich duzen.

ALVARO: Ich hörte, Sie seien eine Art Stellvertreter des Hauses di Moro, ist es so?

MASSIMO: Ich bin schließlich der Nachfolger Papas.

ALVARO: *nickt*

DONNA LAURA: Also sind wir alle versammelt?

DON MORO: Ja.

DONNA LAURA: Schön – das volle Haus.

ALVARO: Ist das Haus normalerweise nicht so voll?

DON MORO: *gedanklich* Jetzt fängt der wieder an zu reden.

DONNA LAURA: Nun, sagen wir, dass wir alle unseren Pflichten nachgehen müssen und deshalb nicht immer zu Hause sein können.

ALVARO: Dann ist der heutige Tag ganz besonders.

DONNA LAURA: So kann man das auch sagen.

DON MORO: Das Essen wird kalt.

VITTORIA: Ist der Salat übersalzen?

DONNA LAURA: Nein, perfekt gesalzt.

BATTISTA: Perfetto.

ALVARO: Provetto!

VITTORIA: *geschmeichelt* Danke, Alvi.

DON MORO: *unterdrückt einen Lachanfall* Alvi.

ALVARO: *zu Vittoria* Findest du nicht auch, dass wir es jetzt endlich sagen sollten? Ich kann mich kaum halten.

DON MORO, BATTISTA, ANNAMARIA und DONNA
LAURA wie aus einem Munde: Was sagen?

Vittoria und Alvaro stehen auf; Don Moro hat Befürchtungen.

VITTORIA: Etwas Wunderschönes ist geschehen: Ich bin
schwanger.

Zweiter Akt

Erste Szene

Kabinett Don Moros; Don Moro liegt auf der Ottomane, Dottore sitzt auf dem Sessel daneben.

DON MORO: Ich bin tot.

DOTTORE: Sagen Sie so etwas nicht, Don Moro. Dass Ihre Tochter ein Kind bekommt – und Sie übrigens Großvater werden -, ist doch etwas Schönes.

DON MORO: Das ist es, aber nicht, wenn mein erstes Enkelkind von diesem Sala kommt, diesem arroganten, herrschsüchtigen Eingebildeten, der in einer so hohen Lexik weilt, dass man meinen könnte, er wäre in einer Welt über uns. Verstehen Sie denn meine Besorgnis nicht, Dottore Prosperiti? *Sieht Dottore in die Augen* Er hat seine Saat in meiner Tochter verpflanzt, er hat sich in unsere Familie geschossen wie eine Kugel in das Fleisch des Feindes, wie ein Erreger seinen Wirt. Es gibt kein Entrinnen mehr von ihm – *schockiert* er ist Teil meiner Familie, ein Erbe di Moros. Und wenn er die Herrschaft an sich reißen will? Wenn er Massimo und Battista umlegt, um unseren Clan zu regieren? *Wühlt in Gedanken* Welch Schrecken, Dottore, welch ein Schrecken.

DOTTORE: Mich deucht, Sie werden paranoid, Don Moro.

DON MORO: Ich weiß nicht, wie Sie das anstellen – und ich will es auch nicht wissen -, aber Ihre Worte sind und bleiben mir eine Wirrnis.

DOTTORE: Fundament von Wissenschaftlern.

DON MORO: Ich würde am liebsten all mein Geld zerreißen oder mein Haus abfackeln lassen. Es ist mir alles egal, alles gleich. Die Sonne dreht sich nicht um die Welt und die Welt dreht sich nicht um die Sonne. Alles ist nichts und nichts ist alles. Verstehen?

DOTTORE: *kritzelt in sein Notizbuch* Mhm.

DON MORO: Ekel, Schande, Hass auf mich selbst, alles brodelt sich zusammen in mir, es quellt aus meinen verlorenen Interessen. So helfen Sie mir doch, Dottore, sagen Sie etwas, sei es ein wirres Wort, das mein Hirn nicht zu verstehen imstande ist, sei es ein bloßer Buchstabe, der mich fragen lässt, warum beim einen Österreicher Sie hier eigentlich neben mir sitzen.

DOTTORE: Nicht einmal zwei Stunden sind vergangen, wie Sie die Kunde der Schwangerschaft erfahren haben, und Sie haben schon solch ein Stadium zehrender Paranoia entwickelt.

DON MORO: *erleichtert, aber irritiert* Danke.

DOTTORE: Ich werde Sie untersuchen müssen, Signore di Moro, von oben bis unten, werde klare Analysen brauchen, um mir ein Bild von ihrer Krankheit zu verschaffen.

DON MORO: Wird dies in irgendeiner Weise helfen?

DOTTORE: Ja, das wird es.

DON MORO: Dann machen Sie es! Egal was, Hauptsache Sie machen es, und Sie machen es schnell.

DOTTORE: Ich benötige einige Apparate; dazu muss ich in die Klinik zurück.

DON MORO: Tun Sie, was getan werden muss, zögern Sie nicht, bleiben Sie nicht stehen. Ich warte auf Sie, Dottore, ich warte.

DOTTORE: Es wird nicht lange dauern, Don Moro, das verspreche ich.

Dottore sitzt immer noch da; Don sieht ihn verdutzt an.

DON MORO: Wollten Sie nicht gerade zur Klinik?

DOTTORE: Ich fürchte, Signore, dass ich die Analysierung als extra Stunde verzeichnen muss.

DON MORO: Das bedeutet?

DOTTORE: Sie müssen zwei Beträge zahlen.

DON MORO: Ja mei, sagen Sie das doch gleich. *Steht auf und kramt in seiner Jackettinnentasche; drückt ihm eine große Summe Lire hin* Hier, nehmen Sie das, das sollte ungefähr reichen.

DOTTORE: *mit begierigen Augen* Das tut es. *Greift sich die Summe und verschwindet*

DON MORO: Ach, was bin ich nur für ein armes Geschöpf. *Spricht zu seinem Freund da oben* Wolltest du, dass das alles so geschieht, wie es geschieht?

Stille.

DON MORO: Natürlich. Mist bauen und sich dann nicht dazu bekennen – bist ein Meister darin, wie?

Eine Taube fliegt gegen ein Fenster.

DON MORO: *erschrocken* Vergib mir meine Schuld, wie auch wir vergeben unseren Schuldigern, und führe uns nicht in Versuchung, denn dein ist das Reich, die Kraft und das Reich in Ewigkeit. *Macht ein Kreuz in der Luft*

Stille.

DON MORO: Herrgott, was mache ich eigentlich? Bin ich völlig benebelt, geistig umnachtet? Was ein Schwachsinn. *Geht zum Fenster und öffnet es, schaut hinunter; brüllt* Lern' erstmal sehen, bevor du fliegst. *Schließt das Fenster* Dreckige Tauben. *Setzt sich auf seinen Stuhl und ordnet Dokumente* Was solls.

Schritte ertönen. Die Tür öffnet sich, Guido, Luigi und Massimo treten ein.

DON MORO: *mit einer langsamen Handbewegung* Kommt rein.

GUIDO: Ich hatte aus Versehen die Auftragsliste mitgenommen. *Nimmt einen dunkelroten Brief hervor*

DON MORO: Leg ihn auf den Tisch.

GUIDO: *gehorcht*

MASSIMO: Luigi erzählte mir, dass ich aufs Revier fahren muss.

DON MORO: *rollt die Augen* Milano. Seine Tochter wurde arrestiert – kannst du sie da wieder rausholen?

MASSIMO: Das kann ich, aber ich brauche den Laster und zwei Sprengsätze.

DON MORO: *wirft Massimo den Schlüssel für das Waffenarsenal zu* Aber etwas diskreter, ja? Und nun ab mir dir; Geschäfte erledigen sich nicht von selbst.

Massimo ab.

LUIGI: Don Moro, ein Klient hat angerufen.

DON MORO: Wer ist es diesmal?

LUIGI: Signora Gatelli

DON MORO: *zerbricht innerlich*

LUIGI: Es scheint ihr nicht gut zu gehen. Sie ist auf dem Weg hierher.

DON MORO: Ist sie die einzige oder hat noch jemand angerufen?

LUIGI: Es hat noch jemand angerufen, aber diese Person wollte mir ihren Namen nicht verraten.

DON MORO: Ich mag keine Geheimnisse, ich mag sie ganz und gar nicht.

LUIGI: Sie wollte mit Ihnen über eine familiäre Angelegenheit sprechen.

DON MORO: Familiäre Angelegenheit? Welches Geschlecht hat die Person.

LUIGI: Sie hörte sich nach einer Frau an.

DON MORO: Mhm… naja, wir werden schon noch sehen, wer diese Geheimnisvolle ist; schließlich kommt sie hierher, oder?

LUIGI: Ja, ihre Sprechstunde sollte direkt nach der von Gatelli sein.

DON MORO: Jaja.

GUIDO: Was hat der Arzt gesagt?

DON MORO: Dottore Prosperiti? Er wird mich analysieren müssen, um sich ein Bild von meiner Krankheit machen zu können.

GUIDO: Es scheint, etwas Ernstes zu sein.

DON MORO: Seht mich an,

Luigi und Guido sehen ihn an.

DON MORO: Sehe ich für euch gesund aus? Nein, natürlich nicht. Wie denn auch, wenn jenes mich zutiefst erschüttert…

GUIDO: Die Schwangerschaft? Oder Sala-Rinaldi selbst?

DON MORO: Alles, Guido, alles.

LUIGI: *zu Guido* Belästige den Don nicht mit deiner Neugierde.

GUIDO: Verzeihung.

DON MORO: Schon gut, ihr seid noch jung, naja, du zumindest, Guido.

LUIGI: *räuspert sich und kratzt sich am Kragen*

DON MORO: In meiner Jugend, da dachte ich überhaupt nicht an so etwas, an dieses Zehrende, Beißende.

Krach ertönt von draußen.

DON MORO: Was geschieht da?

Zweite Szene

Gatelli stürzt ins Zimmer herein.

DON MORO: Signora Gatelli, können Sie nicht anklopfen?

GATELLI: Er hat mein Kind entführt!

DON MORO: Wer?

GATELLI: Sie wissen, wer. Bitte, Don Signore, ich brauche

Ihre Hilfe! So helfen Sie mir.

DON MORO: Ruhig Blut, Signora, erzählen Sie mir alles –

aber nicht so ausführlich bitte.

GATELLI: *hektisch* Als ich auf dem Weg nach Hause war

DON MORO: *bremst sie ab* Das reicht mir; *an Guido*

Übernimm dies bitte. *An Gatelli* Signore Giordano wird sich

seiner annehmen.

GATELLI: ähm…

DON MORO: Sie dürfen nun gehen.

Guido geht mit Gatelli.

DON MORO: *schüttelt den Kopf* Hoffentlich sehe ich sie nie

wieder. Was ist nun mit der geheimnisvollen Frau – kommt

sie oder muss sie abgeholt werden?

LUIGI: Ich schätze, sie kommt selbst. Ich sehe mal nach,

vielleicht wartet sie schon im Foyer.

An der Tür klopft es.

DON MORO: Wer das wohl sein mag?

Luigi öffnet die Tür, eine Frau tritt ein.

FRAU: Don Moro.

DON MORO: *mustert sie an* Ich kenne Sie doch…

FRAU: Ganz recht, wir kennen uns, Don Moro. Ich bin Flavia Testa. Ich bin hier, um mit Ihnen über eine familiäre Angelegenheit zu sprechen.

DON MORO: Flavia Testa, wie interessant… nicht. Was möchtest du hier?

TESTA: Es geht um Battista.

DON MORO: Battista? Was hat er angestellt?

TESTA: Er ist mir untreu.

DON MORO: Untreu? Wie lächerlich, das sagst du, als wäret ihr verheiratet.

TESTA: Wir sind einander versprochen.

DON MORO: Von wem? Grosso e stupido?

TESTA: Machen Sie keine Witze, Don, ich meine es ernst.

DON MORO: Na und ich erst. Du kannst nicht einfach so in mein Kabinett kommen und mir deine Fantasien präsentieren – ich bin kein Theaterregisseur oder Komiker. Sag schon, was willst du von meinem Jüngsten?

TESTA: *wie ein kleines Kind* Er soll mich ansehen.

Stille. Luigi unterdrückt erfolgreich einen Lachausbruch.

51

DON MORO: Ansehen? Soll er dich anstarren oder taxieren?

TESTA: Ich meinte, er soll mich beachten, wissen, dass wir zusammen sind.

DON MORO: *grinst siegessicher* Flavia, wie wäre es, wenn du mit deinem ansehenswerten Körper mein Kabinett verlässt, zu Battista gehst – wenn du schon einmal hier bist -, mit ihm darüber sprichst, und mich auf alle Zeiten von deinen mir Besorgnis bereitenden Sorgen verschonst? Wie wäre das?

TESTA: *unzufrieden* Don Moro, ich erwarte etwas mehr Adultität. (= das Adultsein, Erwachsensein)

DON MORO: Und ich einen geldgierigen Fußarzt, also raus mit dir.

Mit einem ihre Unzufriedenheit preisgebenden Laut verschwindet Testa. Don Moro seufzt.

LUIGI: Was haben Sie, Don Moro?

DON MORO: Die Aufträge und Visiten werden unnütz, unbrauchbar, ungenießbar – das Geld, futschikato, die Klientel, furchtbar langweilig.

LUIGI: Das waren eine Menge Alliterationen, wenn ich mir das anmerken darf.

DON MORO: Darfst du, darfst du; Sprache ist doch auch zu nichts mehr zu gebrauchen. Was bringt denn schon Reden, he? Endlos elendes Geschwätz. Selbst das gedankliche Reden tritt mir schon in mein Gesäß; meine Knochen stehen mir bis zum Rachen.

LUIGI: Manchmal kann denken schon anstrengend sein.

DON MORO: Du brauchst mir nicht zuzustimmen, Luigi, aber danke. *Nimmt eine Zigarre aus einem Etui und sucht ein Feuerzeug* Diese Dinger kommen mir auch immer abhanden.

LUIGI: Ich habe Feuer.

DON MORO: *wirft die Zigarre weg* Ist doch sowieso ungesund. Hah, was schert mich schon Gesundheit? Wir sterben doch alle, ist es nicht so, Luigi? Egal ob heute oder morgen oder in zehn Jahren, den Tod kann man nicht umgehen.

LUIGI: Das ist eine weise Erkenntnis, Don Moro.

DON MORO: Weisheit. *Lacht.* Wissen. *Lacht weiter.* Wer beides unterscheidet, ist genauso dumm wie jeder, der keinen Unterschied zwischen beiden sieht. Was sind Wissen und Weisheit für dich, Luigi? Nicht, dass es mich interessieren würde, ich suche nur nach einer guten Überleitung für eine Moral-Predigt, die ich gleich halten werde.

LUIGI: Nun, Weisheit ist für mich Wissen, das durch Erfahrung geschöpft wurde. Und Wissen ist die Gesamtheit allen, was ist, scheint und möglich sein kann – Individuen können viel oder wenig von beidem besitzen.

DON MORO: Und diese Weisheit, dieses Wissen, wie sehen sie aus?

LUIGI: Ich glaube, ich verstehe nicht ganz.

DON MORO: Ich glaube, ich verstehe nicht ganz, was Wissen und Weisheit sein sollen. Ich kann sie nicht fühlen, wo ich die Liebe einer Mutter, die Nähe von Freunden und Zuneigung von Untergebenen mehr als deutlich spüren kann. Ich kann Hass fühlen, Trauer hören, Glück schmecken, ich kann Verstehen fühlen, ich kann nichts fühlen, aber ich kann nicht Wissen und Weisheit fühlen. Verstehst du, worauf ich hinaus will? Doch selbst, wenn diese Weisheit und dieses Wissen Figur hätten, sie brächten mir nichts, wo sie doch in ihrer metaphysischen Konstitution schon unbrauchbar sind. *Lacht, als hätte er eine erstaunliche, belustigende Erkenntnis* Ironisch, ich habe einen Arzt angeheuert, um mich zu heilen, und rede selbst von seiner Unbrauchbarkeit. Wie wird er mir noch helfen können? Wer wird mir noch helfen können? Kann mir denn noch geholfen werden? Auch diese Fragen kann ich meinem Interesse ersparen. So ist das, wenn die eigene Psyche nicht kompetent genug ist, sich gegen negative äußere Einflüsse zu schützen… Schreck, ich rede schon wie Dottore Prosperiti.

LUIGI: Wann kommt er denn wieder?

DON MORO: *seufzt* Das ist mir doch egal.

LUIGI: Ich sollte vielleicht ins Foyer gehen und dort auf den Dottore warten. Vielleicht braucht er Hilfe beim Transportieren der Gerätschaften.

DON MORO: *schüttelt den Kopf* Gerätschaften; hört sich nach einer Operationsvorbereitung an.

Luigi ab, zeitgleich kommt Donna Laura ins Kabinett herein.

DON MORO: *ein wenig erlöst* Das letzte Wesen, das mir noch Lebensfunken gibt – Laura, la mia dolce ciliegia!

DONNA LAURA: Ernesto, Liebster, wie fühlst du dich?

DON MORO: *kommt ihr entgegen und küsst sie auf beide Wangen* Jetzt wo du da bist, deutlich besser, deutlich besser!

DONNA LAURA: *setzt sich auf die Ottomane und nimmt Pose ein* Mich erschüttert es auch…

DON MORO: *setzt sich wieder auf seinen Stuhl* Ja?

DONNA LAURA: Dieser Alvaro.

DON MORO: *rollt die Augen*

DONNA LAURA: Er gefällt mir nicht, er scheint mir ein Spießer zu sein, wie diese Deutschen.

DON MORO: Und seine Lexik – hochnäsig wie die Franzosen und armselig wie die Russen.

DONNA LAURA: *seufzt* Was unsere Vittoria an ihm nur findet, ist mir rätselhaft.

DON MORO: Er hat sie manipuliert, ganz sicher. Er hat ihr Honig vor die Nase gehalten und sie in sein Nest gelockt, hat sie gefangen und gefesselt. Sie wird sich nie von ihm lösen können.

DONNA LAURA: Irgendwas müssen wir doch unternehmen können, Ernesto.

DON MORO: Sie bekommt ein Kind von ihm, Laura, ein Kind. Was sollen wir denn tun? Ihre Zukunft ist ausweglos wie meine Krankheit.

DONNA LAURA: Ist es denn bestätigt? Dass du krank bist?

DON MORO: *brummt* Ich habe doch selbst keine Ahnung. Der Dottore kommt bald mit Geräten, will mich analysieren.

DONNA LAURA: *nickt*

DON MORO: Möchtest du Whiskey?

DONNA LAURA: Bitte.

DON MORO: *geht zu einem Tischchen, schenkt zwei Gläser mit Whiskey ein* Ich glaube, das Mittagessen hat mir ganz zu schaffen gemacht. Ich fühle, dass es mir schlimmer geht.

DONNA LAURA: Wir gewöhnen uns sicher daran – eines Tages. *Bekommt ein Glas Whiskey von ihrem Gatten*

DON MORO: Ja, eines Tages. *Nimmt einen Schluck. Sieht das Glas an; trinkt es in einem Zug aus*

DONNA LAURA: Und deine Krankheit werden wir heilen. Ich bin zuversichtlich, dass der Doktor ein Heilmittel für dich findet und du wieder leben kannst wie früher.

DON MORO: Deine Hoffnungen geben meinen Hoffnungen Fülle und Halt.

DONNA LAURA: *stolz* Ich bin schließlich deine Frau – eine di Moro.

Schritte und Krach ertönen von draußen.

DONNA LAURA: Das ist dann wohl…

DON MORO: Dottore Prosperiti mit seinen Geräten.

DONNA LAURA: Braucht er Hilfe?

DON MORO: Luigi ist bei ihm.

Luigi und ein namenloser Medizinassistent treten ein; sie tragen Geräte mit sich.

LUIGI: Hier entlang. *Hält dem Assistenten die Tür auf*

DON MORO: Luigi, ist Dottore Prosperiti hier?

LUIGI: Er ist unten beim Wagen und entlädt die Geräte.

ASSISTENT: Guten Nachmittag, Signore di Moro.

DON MORO: Ja, hallo. *Zu Luigi* Hat er gesagt, wie lange die Untersuchung dauern wird?

LUIGI: Wir haben nicht viel miteinander gesprochen.

DON MORO: Ah, verstehe.

ASSISTENT: Wenn alles reibungslos verläuft, mindestens eine Stunde.

DON MORO: Eine Stunde? Was soll ich so lange?

ASSISTENT: Der Doktor arbeitet sehr detailliert, Signore.

DON MORO: Vor allem, wenn es um die Zahlung geht.

ASSISTENT: *erbleicht*

DONNA LAURA: Und wie genau wird diese Untersuchung nun ablaufen?

ASSISTENT: Der Doktor wird alles erklären; ich muss nun wieder zurück und mit Tragen helfen.

Assistent ab.

DON MORO: Ich wette, dass auch dieser Assistent nur auf Moneten aus ist.

DONNA LAURA: Es sind Mediziner, Ernesto, sie haben einen Eid abgelegt, der sie dazu verpflichtet, Menschen zu heilen und sie vor dem Tode zu bewahren.

DON MORO: Wenn dem so wäre…

Ohrenbetäubende Geräusche ertönen von draußen; jemand schreit auf.

DON MORO: Was bei…

LUIGI: Schnell!

Luigi, Donna Laura und Don Moro verlassen das Kabinett. Wenige Augenblicke später schleichen Annamaria und Silvia Rizzi herein.

RIZZI: Das war ja was!

ANNAMARIA: Der Dottore ist gestürzt, auf der Treppe.

RIZZI: Und die Gerätschaft, die er trug, kaputt. Ob Signore di Moro hierfür zahlen muss.

ANNAMARIA: Nein, wieso denn auch?

RIZZI: Das war nur ein Gedanke.

ANNAMARIA: Gedanken hin oder her, wir müssen den Umschlag finden… *sieht zum Tisch rüber* Da! Da liegt er.

RIZZI: Schnell, bevor sie alle wieder kommen.

Annamaria und Rizzi treten vor den Tisch und öffnen den Umschlag.

RIZZI: *sieht zur Tür* Kannst du den Auftrag sehen?

ANNAMARIA: Warte… warte… da, gefunden!

RIZZI: *reicht ihr einen Stift*

ANNAMARIA: Wie schreibt man ihn nochmal?

RIZZI: Was fragst du mich? Er wird nicht zu meiner Verwandtschaft gehören.

ANNAMARIA: Zum Teufel doch mit der Schreibweise.

Schreibt in den Katalog … Auftrag: Mord; Zielperson: Alvaro Sala-Rinaldi.

Vierte Szene

RIZZI: Endlich.

ANNAMARIA: *schließt den Umschlag wieder* Jetzt heißt es nur noch: abwarten.

Donna Laura und Don Moro treten ein.

DONNA LAURA: Nanu…

DON MORO: Anna, Silvia, was macht ihr beiden hier – nicht, dass es mich irgendwie interessiert…

RIZZI: *erblasst* äh…

ANNAMARIA: Wir haben auf dich gewartet, Papa.

DON MORO: Auf mich?

ANNAMARIA: Wir wollten sehen, wie es dir ergangen ist, nach dem Spektakel heute.

DON MORO: *lacht* Ho ja, das Spektakel heute.

DONNA LAURA: Deinem Vater geht es nicht besser; und jetzt, wo der Doktor gestürzt ist, werden wir die Untersuchung wohl vertagen müssen.

DON MORO: Auf keinen Fall! Der Dottore wird mich untersuchen.

Dottore kommt mit Luigi und Assistent als Stütze herein.

DOTTORE: Das werde ich.

DON MORO: Dottore!

DOTTORE: *etwas verlegen* Doch ich fürchte, dass, unter solchen Umständen, eine Erhöhung des Honorars unausweichlich ist.

ANNAMARIA: Sie wollen mehr Geld?

DOTTORE: Nun, so kann man es auch ausdrücken.

DON MORO: Alles, Dottore, sogar nichts, die Gesundheit meiner ist Hauptsache.

DOTTORE: Das strömte auch durch meine Gedanken, Signore di Moro. Also, wenn mein Assistent noch das letzte Instrument brächte, könnten wir beginnen.

DON MORO: Auf, Herr Assistent. Dottore, legen Sie sich doch auf den Diwan; Ihr Knöchel ist sicher verstaucht.

Assistent ab.

DOTTORE: *Luigi hilft ihm auf die Ottomane* Gebrochen, fürchte ich, und noch dazu der Unterschenkel.

DONNA LAURA: Mutter Maria.

DOTTORE: Sorgen sie sich nicht um mich. Sie, Don Moro, sind momentan der Protagonist des Dramas.

DON MORO: *geschmeichelt*

DOTTORE: Ah, bevor ich es vergesse: Dieser Unfall wird Sie nichts kosten, Signore di Moro, doch der Sachschaden an dem Gerät wird als fahrlässige Misshandlung öffentlicher, dem Allgemeinnutzen dienender Privatgegenstände mit einer Geldstrafe geahndet werden. Sie können mir gleich das Geld geben, um den Scheren der Bürokratie und dem Papierkram zu entfliehen.

DON MORO: Sicher.

ANNAMARIA: Ich finde ja, dass

DON MORO: Werden Sie mich nun untersuchen, Dottore?

DOTTORE: Ja, ich werde es. Vielleicht brauche ich noch Signore Palumbos Hilfe.

DON MORO: Luigi steht Ihnen zur Verfügung.

LUIGI: *neigt sein Haupt*

DONNA LAURA: Können wir denn dabei sein, während der Untersuchung?

DOTTORE: *grübelt* Hmm… Sie ja, Donna Laura, aber der Rest sollte sich besser nicht in diesem Kabinett aufhalten.

ANNAMARIA: Sie meinen mich und Silvia?

DOTTORE: Ja.

DONNA LAURA: *begleitet beide zur Tür* Wir rufen euch, sobald der Doktor mit seiner Arbeit fertig ist.

Annamaria und Rizzi ab. Zeitgleich kommt der Assistent mit dem letzten notwendigen Gerät für die Analysen.

DOTTORE: Gut, wir können beginnen. *Zum Assistenten* Bereite die Apparate vor, wir fangen zuerst mit dem Bluttest an.

DON MORO: Mein Blut müssen Sie auch testen?

DOTTORE: Möglicherweise haben sich einige Viren in ihrem Blut eingenistet, die über das zentrale Nervensystem ihre Emotionen, Gefühle und Gedankengänge blockieren oder angreifen.

DON MORO: *nickt, als verstände er alles*

DOTTORE: Der Bluttest wird zeigen, ob Ihre synaptische Transmission defekt oder intakt ist.

ASSISTENT: Äh, Dottore, ich glaube, da ver

DOTTORE: Unterbrechen Sie mich nicht. Sie sind hier, um zu lernen, klar?

ASSISTENT: Natürlich, nur

DOTTORE: So, Don Moro, setzen Sie sich bitte neben mich auf die Ottomane.

DON MORO: s*etzt sich neben Dottore*

DOTTORE: Ich werde Ihnen nun Blut aus der Arterie ihres Handgelenks entnehmen, der Vena femoralis – *zum Assistenten* schreiben Sie das auf. *Sticht Don Moro irgendwo ins Handgelenk; Don Moro schreit vor Schmerzen auf*

DONNA LAURA: Dottore, was ist mit ihm?

DOTTORE: *etwas erschrocken und verwirrt* Äh… ein normaler Mechanismus, äh Nebenreaktion, Nebenwirkung oder so. *Zum Assistenten* Wie Sie sehen, gelangt das Blut des Dons über diesen Schlauch in einen… *erschrocken* Warum ist der Schlauch nicht mit dem Behälter verbunden?

Blut strömt nun aus dem Schlauch und der Dottore springt auf. Der Assistent steckt den Schlauch in den Behälter.

DOTTORE: *wischt Blut von seinem Kittel* Äh, gut gemacht… Sie dürfen wieder beiseitetreten, jetzt sind Profis gefragt. *Beendet die Blutentnahme und geht mit dem Behälter zu einem Apparat* Hiermit werde ich den Test durchführen.

DON MORO: Wie lange dauert dieser?

DOTTORE: Nicht lange, wir werden währenddessen mit der Untersuchung fortfahren. *Zieht sich Handschuhe an*

DON MORO: Was folgt nun?

DOTTORE: Ich muss Sie bitten, mir Ihren Mund zu öffnen.

DON MORO: Meinen Mund? Wollen Sie jetzt Zahnarzt spielen?

DOTTORE: *sieht Don ernst an*

DON MORO: Schon gut. *Öffnet den Mund*

Dottore sieht hinein, der Assistent gibt ihm einen Eisenstift

DOTTORE: Ich werde nun etwas Schleimsaft von Ihrem Gaumen entnehmen, dem lateralen Musculus flexor hallucis brevis – *zum Assistenten* schreiben Sie das auf.

ASSISTENT: Ich glaube

DOTTORE: Die Probe entnommen, stelle ich sie gleich der Analyse bereit in dieses Gerät da vorn. *Geht zu einem Apparat und legt den mit Speichel befleckten Eisenstift in einen mit Wasser befüllten Behälter* Und nun brauche ich noch eine Haarprobe und eine Suspension Ihres Ohrenschmalzes.

DON MORO: Was muss ich machen?

DOTTORE: Nichts. *Geht zum Don, reißt ihm ein Haar aus; bekommt vom Assistenten einen dünneren Eisenstift, den er in ein Ohr des Don einführt und wieder herausholt* Das wäre es. *Geht zu einem Gerät hin und gibt dort die Proben ein*

DONNA LAURA: Gute Güte, ist das aber viel Arbeit. Und das haben Sie alles gelernt?

ASSISTENT: Also

DOTTORE: Wir sind schließlich Ärzte, Signora, wir müssen alles können. *Wischt sich mit seiner Hand den Schweiß an seiner Stirn weg; zieht beide Handschuhe aus und wirft sie in einen Behälter mit der Aufschrift »SCORIE RADIOATTIVE«.* Nun, Signore di Moro, brauchen wir ein paar physiologische Untersuchungen.

DON MORO: Physiologisch? Was erreichen wir damit? Die Erkenntnis, dass ich in fünf Jahren einen Rollator benötigen werde?

DOTTORE: Überlassen Sie das Denken mir, Signore di Moro. Ich habe schließlich ein hartes Studium und eine lange Berufserfahrung hinter mir. Stellen Sie sich bitte gleich auf die Matte, die mein Assistent auslegt.

Assistent legt eine Matte aus, Don Moro stellt sich darauf.

DOTTORE: Sehr gut. Nun machen Sie die Übungen, die auf diesen Karten stehen. *Zeigt Don Moro Bilder*

DON MORO: *macht Yoga-Übungen*

DONNA LAURA: Das sieht nicht gerade gesundheitsfördernd aus…

DOTTORE: Das hätten wir umgehen können, wäre ich nicht auf ihrer Treppe gestürzt und das Gerät für die Stuhlanalysen nicht kaputt gegangen. Don Moro, Sie können nun aufhören; Signore Palumbo, wären Sie so freundlich und nähmen dieses Reagenzglas da und sammelten ein paar Schweißtropfen des Don auf?

LUIGI: Wie Sie wünschen, Dottore. *Macht, wozu er gebeten wurde*

DOTTORE: Mein Assistent, könnten Sie die Ergebnisse der Blutanalysen niederschreiben? Danke.

ASSISTENT: *gehorcht*

DON MORO: Können Sie die Ergebnisse sogleich auswerten?

DOTTORE: Nein, dazu muss ich noch einmal in die Klinik zurück und es dem Labor abgeben. Es wird aber nicht lange dauern.

DON MORO: Wie lange denn ungefähr?

DOTTORE: Zwei oder drei Stunden.

DON MORO: Schreck…

LUIGI: Hier, Dottore, ein paar Schweißtropfen.

DOTTORE: Danke. *Nimmt das Reagenzglas und humpelt zu einem Gerät* Es folgt nun ein letzter Test, Don Moro. Um Ihre kognitiven Kompetenzen zu überprüfen.

DON MORO: Wollen Sie jetzt wissen, wann ich dement werde?

DOTTORE: *humpelt zu Don Moro zurück* Wir werden eine Schachtherapie machen.

DONNA LAURA: Schach? Das Brettspiel Schach?

DOTTORE: *erfreut* Ganz recht.

DON MORO: Wenn Sie meinen, dass das hilft.

DOTTORE: *zum Assistenten* Holen Sie das Therapiebrett heraus.

ASSISTENT: Das schwarz-goldene oder schwarz-weiße?

DOTTORE: Schwarz-golden; wir sind hier bei Signore di Moro.

ASSISTENT: *baut das Schachbrett auf*

DONNA LAURA: Wer spielt gold?

DOTTORE: Der Patient, natürlich.

DON MORO: Ich kann auch schwarz spielen.

DOTTORE: Bitte, bitte, keine Bescheidenheit, Don Moro.

Das Spiel beginnt.

DOTTORE: Sie beginnen, Don.

DON MORO: *sieht Dottore an* Ich weiß, wie man Schach

spielt. Bauer E2 auf E4.

DOTTORE: Ich durchschaue Sie! Sie spielen ein

Damengambit.

DON MORO: Das wäre ein Königsgambit, Signore Prosperiti.

DOTTORE: *hebt die Brauen* Nun… Bauer E7 auf E5.

DON MORO: Dame D1 auf H5.

DOTTORE: Mhm… ich sehe keine wirkliche Logik hinter

diesem Schachzug, Don Moro. Springer G8 auf F6.

DON MORO: Läufer F1 auf C4.

DOTTORE: *erfreut* Springer F6 schlägt Bauern E4. Tja, Don,

den Bauern haben Sie verloren.

DON MORO: Dame H5 schlägt Bauern F7. Schachmatt.

DONNA LAURA: *klatscht in die Hände*

DOTTORE: *verwirrt* W… was?

DON MORO: Ein Kleinkind könnte gegen Sie gewinnen,

Dottore. *Lacht*

DOTTORE: Äh… nein, das ist nicht gut, Signore di Moro, wenn der Patient bei Schachtherapie gewinnt, heißt das nichts Gutes.

DON MORO: Wirklich? Das scheint mir nicht sehr einleuchtend. Aber Sie sind der Arzt.

DONNA LAURA: Was passiert nun?

DOTTORE: *sammelt empört das Schachspiel auf* Das Spiel war der letzte Test. Jetzt gehe ich zurück zur Klinik und werte alle Ergebnisse aus.

DON MORO: Gut, langsam gingen mir die Untersuchungen an die Gurgel.

DOTTORE: Signore Palumbo, hälfen Sie meinem Assistenten mit dem Transport der Apparate, wäre ich Ihnen sehr dankbar.

LUIGI: Natürlich.

Luigi und Assistent bringen die Apparate weg.

DOTTORE: Kommen wir zur Bezahlung, Signore di Moro.

DON MORO: Wie viel kostet die Sitzung?

DOTTORE: In Anbetracht dessen, wie die Untersuchungen verlaufen sind, welche Sachschäden entstanden sind und wie die Ergebnisse aussehen könnten: das Doppelte des üblichen Betrags.

DON MORO: Laura, würdest du aus meinem Portemonnaie vier Millionen Lire herausholen.

DONNA LAURA: *gräbt im Geldbeutel nach Geld*

DON MORO: Dann erwarte ich Ihre Nachricht.

DOTTORE: Ich werde Sie womöglich anrufen. *Nimmt das Geld an*

DONNA LAURA: Danke, Dottore, wir danken Ihnen für Ihre Bemühungen.

DOTTORE: Die Gesundheit, Donna Laura, ist das Wichtigste im Leben eines Arztes.

Dottore ab.

DON MORO: Recht hat der Dottore.

DONNA LAURA: Doch wessen Gesundheit er gemeint hat, ist die Frage.

DON MORO: Und ob er mit Ärzten auch sich selbst gemeint hat.

DONNA LAURA: Die Blutflecken auf dem Boden werde ich gleich wegwischen.

DON MORO: Lass nur, ich bitte Luigi darum.

DONNA LAURA: Ist Luigi überhaupt für so eine Arbeit bereit?

DON MORO: Nun ja, ich denke schon.

DONNA LAURA: Ich denke, wir brauchen vielmehr ein Hausmädchen, das unser Domizil von Schmutz reinigt.

DON MORO: Keine schlechte Idee, aber wir sollten uns dem später widmen.

DONNA LAURA: Vielleicht sollten wir das jetzt regeln.

DON MORO: *seufzt* Du merkst, wie meine Krankheit voranschreitet.

DONNA LAURA: Wir sollten dagegen ankämpfen, Ernesto, auch mit solchen unwichtigen Dingen.

DON MORO: Ich weiß, ich weiß, ich versuche es ja, aber… es geht einfach nicht.

DONNA LAURA: Oder du willst einfach nicht.

DON MORO: Das ist es doch auch! Das ist ja der Haken an der Sache.

Luigi tritt ein.

DON MORO: Luigi! Wir haben gerade über dich gesprochen.

LUIGI: Wie darf ich dienen?

DON MORO: *hustet* Diese Blutflecken, die bei der Entnahme entstanden sind, dort neben der Ottomane, wische sie bitte weg.

LUIGI: Jawohl.

DONNA LAURA: Warte, Luigi, ich helfe dir. So leicht werden wir das Blut aus dem Teppich nicht bekommen.

LUIGI: Wahrscheinlich gar nicht, Signora.

Donna Laura und Luigi ab.

DON MORO: *atmet langsam aus* Die Tests haben meine Reserven ausgeschöpft. *Keucht* Ich... fühle mich wie ein... ein... ausgeblasener Sack... mein Atem ist ja ganz... *ringt nach Luft* was zum... *erstickt langsam* Hilfe... nein... bitte... Hilfe...

Fünfte Szene

Ortwechsel: Speisezimmer des Hauses Lacasa; Vittoria und Alvaro sitzen am Tisch.

ALVARO: Er hasst mich, ganz sicher.

VITTORIA: Das kommt dir nur so vor.

ALVARO: Das kommt mir nur so vor? Hast du gesehen, wie er mir ständig ausweichen wollte? Er hat mich kein einziges Mal angesehen, außer während des Hauptgangs, als er mir die Leviten gelesen hat.

VITTORIA: Aber Alvi

ALVARO: Er kann mich überhaupt nicht leiden, dein Vater. Ich weiß es, ich fühle es in seiner Aura.

VITTORIA: Du übertreibst doch.

ALVARO: Und als mich deine Schwester befragt hat, hast du gesehen, wie er aufgestanden ist und seinen Kopf in diesen Schrank dort gesteckt hat.

VITTORIA: Nein… das habe ich nicht gesehen. Was war?

ALVARO: Annamaria fragte mich nach Kindern, Heirat und Unterkunft; Don Moro gefiel es wohl gar nicht und um nichts sagen zu müssen, hat er mit dieser Geste versucht, unsere Gespräche zu beenden.

VITTORIA: Langsam verstehe ich dich. Das ist unerhört, wie kann Papa nur so selbstgefällig sein.

ALVARO: Ich weiß es auch nicht. Ein Mann von hohem Prestige, reich, ehrenhaft und an der Spitze einer großen Familie, so egozentrisch und verschlossen.

VITTORIA: Ich erkenne ihn ja kaum wieder.

ALVARO: Du musst mit ihm reden – so kann es nicht weitergehen, hörst du?

VITTORIA: Ja, aber es ist wahrscheinlich diese Krankheit, die ihn so verändert.

ALVARO: Krankheit hin oder her, es geht um uns, Vittoria, um unsere Zukunft, um unser Beisammensein, um unser Kind! Denk daran, immer.

VITTORIA: Das tue ich ja, aber denkst du, es wäre gut, Papa damit einfach so zu konfrontieren?

ALVARO: Du musst es machen, Vittoria. Tu es für mich. Dein Papa ist nämlich nicht mehr bei Verstand, er muss wieder hinter seine Grenzen gesetzt werden – denn auch Donna Laura ist benebelt und ihre Gedanken von Don Moro kontrolliert.

VITTORIA: Schon gut, ich werde mit ihm reden.

ALVARO: Jetzt.

VITTORIA: Jetzt?

ALVARO: Jetzt.

VITTORIA: Aber der Dottore ist doch sicher bei ihm.

ALVARO: Ich habe sie gehen hören. Außerdem ist dieser Doktor ja nur meinetwegen bei Don Moro; er ist eine Art Psychiater, obwohl am Eingangsschild von Prosperitis Klinik »Podologen und Kollegen« steht.

VITTORIA: Aber

ALVARO: Geh jetzt, und rede mit ihm. Aber Klartext.

VITTORIA: *entschlossen* Gut, das werde ich.

Battista tritt ein.

BATTISTA: Was wirst du?

ALVARO: Halte dich bitte raus, Battista.

BATTISTA: Ruhig Blut, Alvaro, wir gehören bald zur selben Familie, also mehr Offenheit und Ehrlichkeit, wenn ich bitten darf.

VITTORIA: Nein, es geht dich wirklich nichts an, Battista.

BATTISTA: Papa pflegt immer zu sagen, dass er Geheimnisse so gar nicht mag.

ALVARO: Komm mir nicht mit deinem Papa. *Zu Vittoria* Geh jetzt… bitte.

Vittoria ab.

BATTISTA: Zu wem gehen?

ALVARO: *steht auf und baut sich vor Battista auf* Mische dich nicht ein, Battista, klar?

Sechste Szene

Ortwechsel: Kabinett Don Moros; Vittoria tritt ein, Don Moro liegt in seinem Sessel. Graue Wolken draußen lassen kein Sonnenlicht ins Zimmer, es ist verdunkelt.

VITTORIA: Papa, ich möchte dich keineswegs stören, bei deiner Arbeit, aber ich muss unbedingt mit dir sprechen.

DON MORO: *wispert unverständlich*

VITTORIA: Es geht um Alvaro und das Mittagessen heute. *Empört* Ich kann dich einfach nicht verstehen, wieso kannst du nicht akzeptieren, dass ich Alvaro liebe, dass Alvaro mich liebt? Wir bekommen ein Kind, dein Enkelkind – dein erstes noch dazu, Papa. Wieso kannst du nicht verstehen, dass wir füreinander geschaffen sind? Er ist das Pendant, das ich mein Leben lang gesucht habe, er ist das Puzzleteil meines Lebens; so wie Mamma dein Puzzleteil ist. Papa, du bist mein Vater, ich liebe dich, aber wenn du Alvaro nicht aufnehmen kannst in unsere Familie, in unser Leben, dann… *atmet tief ein* dann bin ich nicht mehr Teil dieser Familie… verstehst du? Warum antwortest du mir nicht, wo du doch immer so gesprächig bist. Verstehst du denn endlich Alvaros Bedeutung in meinem Leben? Sag doch etwas! Wenn du schweigst, weiß ich nicht, was ich sagen soll und was du denkst. *Seufzt* Wenn du meinst, dass Schweigen die angebrachte Lösung momentan wäre, dann werde ich gehen, Papa, ich werde gehen. *Dreht sich weg von Don Moro* Aber ich gehe für immer. *Stille.*

VITTORIA: *lamentierend* Hörst du? Ich gehe für immer!

Stille.

VITTORIA: d*reht sich wieder um* Was nun? *Schreit* Hörst du?

DON MORO: *wispert unverständlich*

VITTORIA: Wie bitte? Was hast du gesagt?

DON MORO: H… Hilfe…

VITTORIA: *tritt näher heran* Papa? *Tritt noch näher heran* Papa!

Dritter Akt

Erste Szene

Kabinett Don Moros; Dottore von Döber begutachtet Don Moro auf der Ottomane; Donna Laura, Vittoria, Battista und Luigi stehen daneben.

DÖBER: Es handelt sich um eine leichte Form von Angina pectoris. Die Arteriosklerose hat bei Don Ernesto die Folge, dass sein Herz an einer Mangeldurchblutung erlitt und er so wenig Sauerstoff zu sich bekam.

DONNA LAURA: Wird er sterben?

DÖBER: Nein, Donna Laura, aber ich kann nichts versprechen. Ihr Gatte kann noch mehr dieser Anfälle erleiden, weshalb wichtige Vorkehrungen getroffen werden müssen.

VITTORIA: Was heißt mehr Anfälle?

DÖBER: Don Ernesto kann wieder Angina-pectoris-Beschwerden haben; zu welchem Zeitpunkt genau weiß ich jedoch nicht.

DONNA LAURA: Was müssen wir tun, Dottore?

DÖBER: Ich werde Ihnen eine Broschüre geben, der Sie entnehmen können, wie Symptome hierfür aussehen und was Sie unternehmen müssen in solch einem Fall. Ebenso werde ich ein Medikament verschreiben, das gegen die

Arteriosklerose helfen sollte – alles ist selbstverständlich kostenfrei.

DONNA LAURA: Danke, Dottore von Döber, Sie sind zu gnädig.

DÖBER: Nein, Donna Laura, das Leben ist zu schmerzvoll. *Steht auf und schließt seinen Koffer* Ich wünsche Ihnen alles Gute, Familie di Moro.

Zweite Szene

Dottore Prosperiti tritt hektischen Schrittes ein.

DOTTORE: *keuchend* Signore di Moro, ich muss Sie

unbedingt… nanu, was ist hier passiert? *Bemerkt von Döber*

Hector, was machen Sie hier?

DÖBER: *hebt die Brauen* Francesco.

DONNA LAURA: Don Moro hatte eine Angina pectoris.

DOTTORE: Eine was?

DONNA LAURA: Angina pectoris.

DOTTORE: Ja, ich weiß, was das ist. Schrecken, das hätte ich

kommen sehen müssen.

DÖBER: Wie meinen?

DOTTORE: Ich habe Signore di Moro heute untersucht und

die Auswertung ist beendet.

DONNA LAURA: Wie sind die Ergebnisse, Dottore

Prosperiti?

DOTTORE: *leicht zitternd* Signore di Moro leidet an

schizoaffektiven Störungen, verursacht durch schwere

Traumata. Und es kommt noch schlimmer, denn die

Traumata allein sind nicht Ursachen Don Moros Psychosen…

DONNA LAURA: *zitternd* Was ist es…

DOTTORE: Don Moro hat Blutkrebs.

Donna Laura fällt zurück, Battista fängt sie auf. Luigi stützt sich an der Wand. Vittoria atmet schwer.

DÖBER: Wie haben Sie das herausgefunden?

DOTTORE: Ich befürchte sogar, dass Don Moro Metastasen im Gehirn und in der Leber hat.

DONNA LAURA: *wird bewusstlos*

DÖBER: Francesco, kommen Sie bitte mal nach draußen – ich möchte mit Ihnen reden.

DOTTORE: Ist jetzt der richtige Augenblick dafür?

DÖBER: Es ist der einzige.

Dottore und Döber ab.

VITTORIA: *weinend* Ist Papa wach?

BATTISTA: Nein, er scheint zu schlummern. Mamma, geht es dir wieder besser?

DONNA LAURA: *rappelt sich auf* Ich denke doch, aber eigentlich nicht… denn…

Alle sehen Donna Laura an.

DONNA LAURA: Euer Vater liegt im Sterben.

Augen tränen.

LUIGI: Wie konnte es nur dazu kommen…

VITTORIA: Ich fühle mich so schuldig.

DONNA LAURA: Vittoria, Liebes, hör auf, so zu denken.

VITTORIA: Es stimmt doch! Papa litt an den Traumata allein meinetwegen; ich werde Alvaro zum Mann nehmen, ich bekomme ein Kind von ihm, ich habe Papa so viel seelischen Schmerz bereitet… das kann und werde ich mir nie verzeihen.

Vittoria verschwindet.

DONNA LAURA: Battista, geh bitte deiner Schwester nach. Sie trägt keine Schuld an Ernestos Zustand.

BATTISTA: Ich fürchte, das tut sie ein wenig.

DONNA LAURA: Hole sie bitte.

Battista ab.

LUIGI: Was nun, Donna Laura, was werden wir machen, jetzt wo Don Moro im Sterben liegt?

DONNA LAURA: *hält ihre Hand vor die Stirn* Ich weiß es nicht, Luigi, ich weiß es nicht. Ernesto war immer unser Anführer, der Bannerträger unserer Familie – er wusste, was gemacht werden muss.

LUIGI: Signore Massimo wird die Leitung des Clans übernehmen müssen, es sei denn Sie möchten es.

DONNA LAURA: Ich täte es, aber… ich kann nicht. Massimo wird es schon schaffen.

Dottore tritt hinein.

DOTTORE: Lassen Sie mich nach Don Moro sehen. *Sieht nach Don Moro* Gut, sein Zustand scheint sich gebessert zu haben.

DONNA LAURA: Dottore, wie konnten wir nicht wissen, dass Ernesto an Blutkrebs leidet?

DOTTORE: Ich weiß es selbst nicht, aber die Tests haben es gezeigt. Und bevor ich es vergesse, Signora, Sie wenden sich beim nächsten Mal bitte an mich, wenn Don Moros Zustand sich verändert. Dottore von Döber ist keine gute Wahl, wenn ich mir dieses Urteil erlauben darf – ich kenne ihn von früher und er ist sehr unverantwortlich.

DONNA LAURA: Wenn Sie meinen, dass das richtig wäre.

DOTTORE: Das ist es. Und nehmen Sie keine Medikamente von ihm an; ich werde von nun an die medikamentöse Behandlung führen.

DONNA LAURA: Einverstanden.

Annamaria stürzt in das Kabinett.

ANNAMARIA: Heilige Mutter Maria, Papa!

DONNA LAURA: Es geht ihm besser, Anna, er muss sich nur ausruhen.

ANNAMARIA: Was ist geschehen? Warum laufen hier so viele Mediziner herum?

DOTTORE: Sie meinen mich und von Döber?

DONNA LAURA: Dein Vater hat Blutkrebs, Anna, und sein Gehirn ist schwer betroffen…

ANNAMARIA: Was bedeutet das, du redest in mir wirren Worten?

DONNA LAURA: Ernesto wird sterben.

DOTTORE: In naher Zukunft.

ANNAMARIA: Aber… aber… doch nicht Papa! Unser Papa?

DONNA LAURA: *nickt schmerzvoll*

ANNAMARIA: Unser Papa… das ist nicht möglich… er war doch immer so stark wie ein Gebirge, vor Entschlossenheit, Selbstsicherheit und Mut strotzend. Er kann doch nicht sterben, das widerspricht allen physischen Gesetzen.

DON MORO: … wer… hat das Licht angemacht?

Alle springen zu Don Moro.

DONNA LAURA: Ernesto, Liebster, wie fühlst du dich? Wie geht es dir?

DON MORO: Huh, nicht so nah, ich kann doch kaum atmen; wir können uns später umarmen. Es geht mir gut, glaube ich… aber warum seht ihr denn so bedrückt aus? Habt ihr geweint?

DONNA LAURA: *geht ein paar Schritte zurück* Weißt du nicht mehr, was geschehen ist?

DON MORO: *bekommt Gänsehaut* Laura…

ANNAMARIA: Du wirst sterben, Papa.

DON MORO: …

DONNA LAURA: Du hast Blutkrebs, Ernesto, der Dottore hat es bestätigt.

DON MORO: …

DOTTORE: Metastasen haben sich im Gehirn und in Ihrer Leber verbreitet, Don Moro.

DON MORO: …

LUIGI: Es tut mir leid, Don Moro… dass ich meine Aufgabe nicht erfüllen konnte.

DON MORO: *steht auf, bricht zusammen, alle kommen ihm zu Hilfe, setzen ihn wieder auf die Ottomane* Luigi…

LUIGI: Ja, Signore?

DON MORO: *mit gekränkter Stimme* Ich sehe deine Aufgabe als vollendet… *hustet* und entbinde dich von deinem Versprechen.

LUIGI: *tränt* Don Moro, das können Sie nicht tun.

DON MORO: *leise* Still, Luigi. Laura…

DONNA LAURA: Ja, Ernesto?

DON MORO: Ist es… ist es wirklich wahr?

DONNA LAURA: Was, Geliebter?

DON MORO: Dass ich sterben muss?

DONNA LAURA: *hält sich die Hand vor den Mund* Ja…

DON MORO: *schaut sich um* Wo ist Vittoria?

DONNA LAURA: Sie ist… sie ist weggegangen.

DON MORO: Ruft sie bitte hierher, ich möchte mit ihr reden.

Dritte Szene

Ortwechsel: Speisezimmer des Hauses Lacasa; Alvaro sitzt am Tisch und raucht, Vittoria tritt ein.

VITTORIA: Du bist ein mieser Hund!

ALVARO: Was hast du?

VITTORIA: Papa liegt im Sterben, wegen dir!

ALVARO: Bitte was? Erkläre mir diese Anschuldigung.

VITTORIA: Erkläre mir diese Anschuldigung? *Reißt ihm die Zigarre weg und schmeißt sie auf den Boden* Papa hat deinetwegen Traumata erlitten und Blutkrebs bekommen.

ALVARO: Blutkrebs bekommt man nicht durch Traumata, Vittoria, denk doch nach. Don Moro war einfach schon krank und sein Zustand verschlechterte sich mehr und mehr bis es nun zu diesem Vorfall gekommen ist.

VITTORIA: O nein, du und dein Benehmen haben bei Papa diese Psychosen verursacht, nicht seine Krankheit. Bekäme ich kein Kind von dir…

ALVARO: *steht auf* Was? Was, he? Was dann? Würdest du mich verlassen, wo wir doch so glücklich zusammen sind?

VITTORIA: Ja, das würde ich, Alvaro, das würde ich.

ALVARO: Schön, wenn du mir drohst, gehe ich.

VITTORIA: Du kannst jetzt nicht gehen, wo du noch allen Rechenschaft schuldig bist.

ALVARO: Rechenschaft? Wem denn? Deinem Vater? Deiner Mutter? Oder deiner Großmutter?

VITTORIA: Mir, Alvaro, mir.

ALVARO: Ich… nun… *beruhigt sich* Vittoria, ich möchte nicht, dass wir uns streiten – nicht heute und nicht morgen.

VITTORIA: Denkst du, ich möchte das?

ALVARO: Nein, aber

VITTORIA: Ich liebe dich Alvaro, aber ich muss Halt machen, wenn es um die Familie geht, denn die Familie ist das Wichtigste.

ALVARO: Ich verstehe dich doch.

VITTORIA: Dann wirst du sicher verstehen, weshalb ich fürs erste auf Abstand ginge mit dir.

ALVARO: Du meinst…

VITTORIA: Solange wie sich Papa erholt, solltest du besser nicht hierbleiben, Alvi.

ALVARO: Doch, ich verstehe…

VITTORIA: *tränt* Wer hätte gedacht, dass alles so enden muss.

ALVARO: *umarmt sie* Nichts endet, Vittoria, es fängt gerade erst an.

VITTORIA: Du hast ja recht, aber ob es gut ist, wenn es jetzt anfängt, ist die nächste Frage.

Battista und Testa treten ein.

BATTISTA: Hatte ich dir nicht gesagt, dass du verschwinden sollst, Flavia?

TESTA: Ich bitte dich, Battista, du kennst doch die einzig wahre Realität.

BATTISTA: Die wäre, dass ich deine Gefühle nicht erwidern kann.

TESTA: Das ist unmöglich, Battista, wir sind füreinander geschaffen!

VITTORIA: Worüber streitet ihr denn?

BATTISTA: Hilfe, Flavia will nicht von mir loslassen!

TESTA: Loslassen?

BATTISTA: Sie versteht nicht, dass ich sie nicht mag.

TESTA: Nicht mag? Na hör mal!

VITTORIA: Flavia, vielleicht solltest du Battistas Worten Gehör schenken. Du kannst nicht an ihm Kleben wie eine Biene an einer Blüte.

TESTA: Mische dich nicht in unser Leben ein, Vittoria.

BATTISTA: Es gibt kein uns!

TESTA: Dein Vater hatte recht, man muss wirklich einmal mit dir sprechen.

BATTISTA: Ziehe meinen kranken Vater nicht mit hinein!

Annamaria und Rizzi treten ein.

ANNAMARIA: Welch komödiantes Theaterstück wird uns hier präsentiert? Alle Liebenden in einem Raum versammelt.

RIZZI: *errötet leicht*

VITTORIA: Was willst du, Anna?

ANNAMARIA: Papa wünscht, dich zu sehen.

VITTORIA: Papa? Ist er zu sich gekommen?

ANNAMARIA: *nickt*

BATTISTA: Ich sollte auch wieder nach oben gehen.

TESTA: Jetzt ignorierst du mich auch?!

VITTORIA: *zu Alvaro* Geh, bitte, Alvi. Ich werde später noch einmal zu dir nach Hause kommen. Dort können wir alles bereden.

ALVARO: *etwas betrübt* Einverstanden…

Vittoria und Alvaro geben sich einen letzten Kuss.

RIZZI: *zu sich* O wie romantisch… würde doch auch mir solch ein Glück zuteil, ich täte alles dafür…

TESTA: Battista! Jetzt warte doch!

BATTISTA: *kühl* Flavia, bitte geh jetzt endlich.

TESTA: Ich werde nicht

BATTISTA: Du gehst jetzt.

TESTA: Hör auf, mich zu unterbrechen.

BATTISTA: *mit erhobener Stimme* Geh, denn wir haben uns nichts mehr zu sagen.

Testa schaut alle nacheinander an, schubst Battista kurz an und verschwindet greinend.

ANNAMARIA: Wie tragisch… wie tragisch.

RIZZI: *zu Annamaria* Dir würde solch ein Missgeschick in der Liebe nicht passieren, habe ich recht?

ANNAMARIA: Mir muss erst einmal Liebe passieren, Silvia.

RIZZI: Sicher, sicher.

BATTISTA: Gehen wir jetzt nach oben?

VITTORIA: Ja, bitte.

Battista, Annamaria und Rizzi ab. Alvaro hält Vittoria auf.

ALVARO: Das ist aber kein Abschied für immer?

VITTORIA: *lacht* Nein, ich habe doch gesagt, dass ich später zu dir komme.

ALVARO: *schmunzelt* Gut, irgendwie kam es mir gerade so vor, als wäre es das.

VITTORIA: Komm, gehen wir.

Vierte Szene

Ortwechsel: Kabinett Don Moros; Don Moro liegt auf der Ottomane, Dottore, Donna Laura und Luigi stehen daneben.

DON MORO: Dottore, wie viel Zeit geben Sie meiner gekränkten Seele?

DOTTORE: Sie fragen, wie lange Sie noch leben können?

DON MORO: Ja.

DOTTORE: Ich bin nicht sicher, Ihre Tumore sind in einem aggressiven Stadium – ich kann es wahrlich nicht sagen.

Wirkt etwas betrübt

DONNA LAURA: *wischt sich eine Träne weg* Lange noch, lange. Da bin ich sicher.

DON MORO: Danke, mia ciliegia.

DOTTORE: Ich werde Ihnen einige Medikamente verschreiben müssen, Don Moro, aber ein paar wenige kommen aus dem Ausland, weshalb Sie etwas mehr für diese zahlen müssen.

DON MORO: Das ist nicht problematisch.

DOTTORE: Gut, es werden ein Neuroleptikum, ein Medikament für Ihre – wie sagte von Döber – Arteriosklerose und für den Krebs ein paar Mittel und Salben gekauft.

DONNA LAURA: Glauben Sie, eine Operation wäre unangebracht?

DOTTORE: Eine Operation? *Lacht* Für Blutkrebs? Soll ich Don Moros externes Blutsystem amputieren?

DONNA LAURA: Nehmen Sie uns nicht auf den Arm, Dottore, wir sind Laien auf dem Gebiet der Medizin.

DOTTORE: Selbstverständlich, deswegen bin ich auch hier. Zu Ihrer Frage: nein, das wäre in der Tat unangebracht.

DONNA LAURA: Was gibt es denn dann für Möglichkeiten.

DOTTORE: Das, was ich bestellen werde, also die Medikamente und…

DONNA LAURA: Ja, das weiß ich, aber der Blutkrebs wird doch nicht einfach so verschwinden.

DOTTORE: Nun, ich fürchte… *atmet mit einem Hauch Dramatik aus* da sind mir alle Hände gebunden.

DONNA LAURA: *hält sich die Hand vor den Mund*

DON MORO: Dottore Prosperiti.

DOTTORE: Ja, Don Moro?

DON MORO: Verlassen Sie bitte mein Haus.

DOTTORE: Wie bitte?

DON MORO: Sie haben Ihre Pflicht getan, nun lassen Sie meine Familie und mich ruhen nach diesem Schicksalsschlag.

DOTTORE: Nun, Signore, in Ihrem Zustand sind Sie noch auf mich angewiesen, oder denken Sie, ein Patient nach einer Angina

DON MORO: Die Bezahlung finden Sie im Foyer.

DOTTORE: Wo?

DON MORO: Im Foyer; in der Schublade unter dem Familienporträt liegt ein entsprechender Betrag.

DOTTORE: Ciao, Don Moro, ciao, Donna Laura. *Sieht Luigi an* Luigi.

LUIGI: *nickt*

Dottore ab.

DONNA LAURA: War es richtig, Ernesto? War es klug, den Doktor wegzuschicken?

DON MORO: Was richtig oder klug ist, Laura, kann ich selbst nicht mehr beurteilen.

Battista, Annamaria und Vittoria treten ein.

VITTORIA: *besorgt* Papa, es tut mir so leid.

DON MORO: Vittoria…

VITTORIA: Ich bereue alle Schritte, die ich gemacht habe, seit ich Alvaro kennengelernt habe.

DON MORO: *an die anderen* Wäret ihr bitte so freundlich, und lasst Vittoria und mich kurz allein.

DONNA LAURA: Kommt, Kinder.

ANNAMARIA: Aber wir sind doch gerade erst gekommen?

Der Rest ab.

DON MORO: Vittoria…

VITTORIA: Du brauchst nichts zu sagen, Papa, ich weiß, was du sagen willst.

DON MORO: Vittoria, sei bitte still, wenn ich etwas zu sagen habe; und ich habe etwas zu sagen, etwas, wovon du sicherlich keine Kenntnis hast und hättest.

VITTORIA: *blickt verwirrt ins Nichts*

DON MORO: Vittoria, *zeigt neben sich*

VITTORIA: *setzt sich neben Don Moro hin*

DON MORO: während meines… »Anfalls« war ich durchaus bei Sinnen. Ich hörte, was du mir erzählt hattest. Und in der kurzen Zeit, die nun vergangen ist, konnte ich viel darüber nachdenken. Und… ich habe viel reflektiert, über das Leben, über mein Leben, über die Familie und die Zukunft, und über dich und Alvaro. Ich habe meine Gedanken wie eine Bibliothek durchforstet, habe nach den Büchern gesucht, die ich immer so gerne las… und habe auch jene gefunden, die von weniger Freudentagen erzählten, doch von Schmerz und Dunkelheit. Und nicht aus meinen Lieblingsbüchern konnte ich lernen. *Nickt, da er es als Erkenntnis sieht* Denn Leid und Trauer sind die einzigen Lehrer, die uns bewusstmachen, was es wirklich heißt zu leben, und zu sterben. *Schließt seine Augen und seufzt leise* Dein Leben ist nicht meines, Vittoria. Ich möchte nicht, dass du durch meine Bräuche und

Kontrolle von deinem Weg verrückst; dass du lebst, lernst und liebst nach deiner Führung, das möchte ich. Vittoria, meine Tochter, wenn du Alvaro von ganzem Herzen liebst, wenn du dir ein Leben an seiner Seite vorstellen kannst, und solange er dich behütet wie sein eigenes Leben und noch mehr, dann soll dir niemand deinen Pfad entreißen – weder ich noch sonst jemand. Ich gebe dir meinen Segen, Vittoria, meine Liebe, wie es auch deine Mamma wird. *Nimmt Vittorias Hände in seine* Ich möchte, dass du lächelst, für immer.

VITTORIA: *tränt* Papa…

DON MORO: *legt seine Hand auf ihre Schulter*

Sie umarmen sich. Es bedarf keiner Worte.

Fünfte Szene

Ortwechsel: Speisezimmer; Annamaria und Rizzi sitzen am Tisch, Donna Laura läuft im Kreis umher, Battista steht am Fenster und raucht.

ANNAMARIA: Was Papa mit Vittoria wohl zu bereden hat?

DONNA LAURA: *fixiert Annamaria finster an* Würdest du wohl dein unverschämtes Mundwerk zum Stillstand bringen? Dein Vater liegt im Sterben und die Familie leidet Trauer.

ANNAMARIA: *verstummt unzufrieden*

DONNA LAURA: r*astet ein* Ich glaube, *läuft wieder im Kreis herum* wir sollten nicht in negativen Gedanken weilen. Schließlich… schließlich… *bleibt stehen*

BATTISTA: Schließlich wird am Ende alles wieder gut, ansonsten ist es nicht das Ende.

DONNA LAURA: *lächelt* Genau, ansonsten ist es nicht das Ende…

Stille – eine etwas andauernde Stille.

ANNAMARIA: Mamma?

DONNA LAURA: Ja?

ANNAMARIA: Was geschieht nun mit unserem Clan?

DONNA LAURA: Ich weiß es nicht. Aber Massimo wird das neue Oberhaupt… Massimo wird das alles regeln.

ANNAMARIA: Was wird dann aus uns?

DONNA LAURA: *setzt sich hin* Was meinst du, aus uns?

ANNAMARIA: Was wird aus uns, wenn… wenn… Papa nicht mehr…

DONNA LAURA: Wir leben weiter… wir müssen weiterleben… so, wie wir davor auch gelebt haben.

BATTISTA: Können wir das denn?

DONNA LAURA: Was?

BATTISTA: Leben wie davor? In unser aller Leben ist Papa ein Teil davon, er ist Teil unserer Herzen, unserer Seelen; er führt uns, wenn wir nicht wissen wohin, er gibt uns Rat, wenn wir Licht suchen.

DONNA LAURA: *wischt sich eine Träne aus den Augen* Gut gesprochen. Und wahr…

RIZZI: *steht auf* Donna Laura, wenn ich Ihnen irgendwie helfen kann…

DONNA LAURA: Danke, Silvia, das wissen wir sehr zu schätzen.

RIZZI: *setzt sich wieder*

BATTISTA: *haucht eine lange Rauchfahne aus* Und auf einmal ist einem das Leben so glasklar.

DONNA LAURA: Was meinst du?

BATTISTA: Es hängt an einem seidenen Faden. In jeder Sekunde kann es reißen und untergehen.

DONNA LAURA: *ihr Blick senkt sich auf den Boden* *Stille – zehrende Stille, tränende Stille.*

ANNAMARIA: Was wird aus Luigi und Guido?

DONNA LAURA: Wie? Was soll aus ihnen schon werden? Sie kündigen oder bleiben.

ANNAMARIA: Luigi wird doch gehen, jetzt wo Papa ihn von seinem Versprechen entbunden hat.

RIZZI: Welches Versprechen?

DONNA LAURA: Ernesto war mit Luigi an den Seegefechten der Falklandinseln im ersten Weltkrieg beteiligt. Sie kämpften auf britischer Seite, die beiden. Luigi wurde damals fast von einer Kugel getroffen, doch Ernesto rettete ihm das Leben. Luigi war ihm etwas schuldig…

RIZZI: Ah ja, ich verstehe. Ein ehrenvoller Mann, Signore di Moro.

DONNA LAURA: O ja, das ist er. Ehrenvoll im Leben…

BATTISTA: Und ehrenvoll im Tod.

ANNAMARIA: *schnäuzt in ein Mouchoir* Ich glaube, ich habe das nicht ganz verstanden: Ist Papas Desinteresse durch die Tumore entstanden oder sind die Tumore Folgen des Desinteresses.

BATTISTA: Was klingt sinnvoller? Natürlich sind die Tumore für sein Desinteresse verantwortlich.

RIZZI: Jetzt, wo er sich des Todes doch gewiss ist, wird er doch weniger davon betroffen sein, oder?

DONNA LAURA: Wie bitte?

RIZZI: Ich meine, wenn er weiß, dass er sterben wird, dann verliert er womöglich sein Desinteresse.

BATTISTA: Wie denn? Seine Gesundheit und Psyche sind im selben Zustand geblieben; der einzige Unterschied zwischen jetzt und damals ist, dass er von seinen Tumoren keine Kenntnis hatte.

RIZZI: Ahso… ja, natürlich.

Vittoria tritt ein.

DONNA LAURA: Vittoria, Liebes, was hat er zu dir gesagt? Geht es ihm gut?

VITTORIA: Kommst du bitte kurz nach draußen, Mamma? Ich muss mit dir reden.

DONNA LAURA: *besorgt* Aber sicher doch.

Vittoria und Donna Laura ab.

BATTISTA: Denkst du immer noch, dass es Vittorias Schuld ist, Schwesterherz?

ANNAMARIA: Wessen sonst? Sie hat diesen *mit Degout* Sala-Rinaldi in unsere Familie geschleust. Du hast doch selber gemerkt, wie Papa ihn verabscheut. Er kann ihn von Kopf bis Fuß nicht leiden. Erinnere dich doch an das Mittagessen heute.

BATTISTA: Dein Kreuzverhör war aber auch anstrengend.

ANNAMARIA: Lustig, Battista. Wie dem auch sei, Vittoria sollte nicht so leicht davonkommen dürfen. Sie soll Buße tun für ihre Gräueltaten.

BATTISTA: Du klingst wie einer, der Jagd auf Häretiker macht.

RIZZI: Ist Alvaro nicht mal dein Klassenkamerad gewesen?

ANNAMARIA: Erinnere mich bloß nicht an diese Zeit!

RIZZI: Verzeih.

BATTISTA: Ich höre das erste Mal, dass Alvaro dein Klassenkamerad war.

ANNAMARIA: Er war kein essentieller Bestandteil meines damaligen Lebens, also brauchtet ihr davon nicht zu wissen, klar?

BATTISTA: Klar.

RIZZI: Wenn Donna Laura und Vittoria nicht bei ihm sind, dann ist Signore di Moro im Moment allein in seinem Kabinett, oder?

BATTISTA: Wenn eins plus eins gleich zwei ergibt, dann ja.

ANNAMARIA: Wieso fragst du?

RIZZI: Ach, nur so.

Sechste Szene

Kabinett; Don Moro liegt auf der Ottomane.

DON MORO: Des Todes rührendes Bild steht nicht als
Schrecken dem Weisen und nicht als
Ende dem Frommen. Jenen drängt es ins Leben zurück und
lehret ihn handeln; diesem stärkt es zu künftigem Heil im
Trübsal die Hoffnung; beiden wird zum Leben
der Tod.
Hmm… jedoch kümmern wir uns nicht, dass wir da gewesen
sind, ehe wir geboren wurden, warum uns kümmern, nicht
mehr da zu sein, wenn wir gestorben sind, he? *Sieht nach oben*
Außerdem, Tod ist doch dein Gesetz, nicht?
Stille.

DON MORO: Wie du meinst. Letztlich interessiert mich der
Tod doch genauso wenig wie dich meine Fragerei. Obwohl…
grübelt da steckt doch etwas… etwas tief in mir… kannst du
es auch fühlen? Was ist es? Sag's mir… nun, wenn nicht,
dann nicht, es wird mich wahrscheinlich nicht mehr
interessieren, bis du es mir sagst.
Stille.

DON MORO: Gut, es hängt doch noch an mir… aber…
aber… es ist… ich weiß, was es ist. Ich kann es fühlen… den

Schmerz. Erinnerungen, mein Freund, Erinnerungen. Du hast wahrscheinlich keine… aber ich habe sie… zu viele… zu viele Bücher, die ich gerne lese, verstehst du? *Steht auf und humpelt zu einem Schrank* Wenn ich daran denke, dass all diese Bücher verloren gehen… es wird dunkel, Freund, so dunkel, wie du es noch nicht gesehen hast. Sie erlöschen, die Gedanken… durch dieses Tal wirst du mich nicht begleiten können… *nimmt einen Gehstock aus dem Schrank und schreitet zum Fenster; es beginnt zu regnen* Leise flirren die letzten Tropfen Regenwasser die Fensterscheibe hinab… wieso hast du es mir nicht gesagt? Wieso hast du es mir nicht gesagt? Ich fühle es doch, mein Freund… dachtest du, ich erkennte es nicht? *Regen prasselt gegen das Fenster.*

DON MORO: Deine Antwort liegt mir vor den Sinnen. Und doch versuche ich zu behaupten, dass es mich genauso wie meine Erkenntnis nicht interessiert… aber es zehrt, verstehst du? Genau daran habe ich es erkannt.

Es klopft an der Tür.

DON MORO: Unser beider Vorhaben wurde uns durchkreuzt… ich wollte nicht, dass ich nicht will, dass ich nicht lebe; du wolltest, dass ich nicht lebe, was ich doch nun tue; denn es geht genau darum

Es klopft.

DON MORO: Einen Moment bitte. *Wendet sich wieder seinem Freund zu* Jetzt, da ich mir meines Schicksals bewusst bin, lebe ich, denn meine Erinnerungen, meine Bücher, leben… sie leben wieder in meinem Hirn, und so lebe ich wieder… wieder und ein letztes Mal.

Es klopft.

DON MORO: *räuspert sich* Herein.

GESTALT: *mit verstellter Stimme* Hallo, Don Moro.

DON MORO: s*chaut immer noch aus dem Fenster* Wer sind Sie? Was führt Sie hierher?

GESTALT: Ich bin einer Ihrer Klienten, Don Moro, und ich habe einen äußerst wichtigen Auftrag.

DON MORO: Sprechen Sie, ich höre zu, solange ich es für nötig befinde, Ihren Worten Gehör zu schenken.

GESTALT: Ich habe eine Notiz bei mir, die den Namen des Opfers beinhaltet. Diese Person muss sterben, Don Moro verstehen Sie?

DON MORO: Das ist nun mal, was einen Mord ausmacht, Signore… wie war nochmal Ihr Name?

GESTALT: Namen sind nur Worte; sie spielen keine tragende Rolle.

DON MORO: Ihr Name hätte mich sowieso nicht interessiert.

GESTALT: Es gibt jedoch einen Haken bei dem Mordopfer…

DON MORO: Wie wäre es, wenn Sie diese Notiz einfach auf meinem Tisch ablegten und gingen?

GESTALT: Wie Sie wünschen. Und Sie sollten wissen, dass das Preisgeld höher als alles ist, was sie je verdient haben.

DON MORO: Das bezweifle ich...

Gestalt legt Notiz in den rotfarbenen Umschlag. Gestalt ab.

DON MORO: Wissen Sie... Ihre Stimme kommt mir nicht bekannt vor. *Dreht sich um* Und weg ist er... *geht zum Tisch und nimmt den Umschlag* Sehen wir, um wen es sich handelt. *Eine Taube fliegt gegen das Fenster.*

DON MORO: *lässt den Umschlag auf den Tisch fallen* Nicht die schon wieder. *Geht zum Fenster, öffnet es und schaut hinunter* Lerne erstmal... oh... *schließt das Fenster* ein weiteres Mal wird die Taube nicht gegen mein Fenster fliegen können... sei's drum. Wo war ich jetzt? Ach ja, mein Freund *sieht nach oben* wir haben noch nicht alles beredet.

Don Moro geht zu einer Kommode, auf der eine Ikone des christlichen Messias steht.

DON MORO: Und doch, *nimmt die Ikone und sperrt sie in eine Schublade weg* so viel zu sagen, haben wir uns nicht. Oder willst du etwa wieder eine deiner Stillpredigten vortragen, die du so gut einstudiert hast?

Stille.

DON MORO: Nein, ich will es gar nicht erst hören. Nicht jetzt, wo… wo ich dem Tode die Hand reichen werde in naher Zukunft. Geh bitte. Ich bitte dich zu gehen. Du bist meines Blickes und Gehörs nicht würdig. *Geht zum Fenster* Lässt du es meinetwegen regnen? Dabei weißt du doch, dass ich nichts habe gegen den Regen. Und wenn du schon gehst, dann nimm diese ewige Stille weg von mir – ihr Schweigen weckt mein Interesse nicht.

Schweigende Stille.

DON MORO: Gebete erhörst du nicht, Wünsche erfüllst du nicht, Anhänger siehst du nicht. Ein wahrlich schöner Freund bist du; dass die halbe Welt zu Füßen dir liegt, ist mir unverständlich.

Es donnert.

DON MORO: Deine Wut, dein Zorn werden dir selbst nicht helfen können – gegen die anderen naiven Kinder vielleicht, aber nicht gegen mich, nicht mehr! Ich bin deiner längst überdrüssig, *mit Akzent* ich bin erleuchtet, wie es einer deiner Propheten sagen würde, ich kenne dich nun und meine Bedeutung. *Geht zu einem Bücherschrank und sucht hektisch nach einem Buch* Ich zeige es dir, mein Freund, ich zeige es dir, *findet eine Bibel, schlägt sie auf und blättert wild umher,* schon lange, Herr, rufe ich zu dir um Hilfe und du hörst mich nicht!

Ich schreie: „Gewalt regiert!", und du hörst mich nicht. Warum lässt du mich solches Unrecht erleben? Warum siehst du untätig zu, wie die Menschen geschunden werden? Wo ich hinsehe, herrschen Gewalt und Unterdrückung, Entzweiung und Streit. Weil du nicht eingreifst, ist dein Gesetz machtlos geworden und das Recht kann sich nicht mehr durchsetzen. Verbrecher umzingeln den Unschuldigen und das Recht wird verdreht. *Lacht spöttisch* Gesetz, Recht – beide Begriffe zusammen mit deinem Namen sind inkompatibel. Und deine Antwort? „Wer falsch und unredlich ist, geht zugrunde; aber wer mir die Treue hält und das Rechte tut, rettet sein Leben. Deshalb wird der prahlerische Räuber, der anmaßende Kraftprotz, sein Ziel nicht erreichen – mag er seinen Rachen aufreißen wie die Totenwelt und so unersättlich sein wie der Tod, mag er auch ein Volk nach dem andern verschlingen." Treue und Loyalität mit Leben und Paradies; Verachtung und Insubordination mit Tod und Bestrafung. Viele lässt du büßen, die deines Ermessens dir nicht ergeben sind – du, Freund, der alle gleichsam durch die Täler führen sollte. *Schlägt die Bibel zu* Was maßest du dir für ein göttliches Recht an, über Mensch zu urteilen und zu erzwingen seine Loyalität zu dir und ihm sagen zu dürfen, was das Rechte ist und wie gelebt werden soll? Deine Wege sind in der Tat unergründlich, doch sind sie aufgemalt wie mit Pinsel und Farbe und ein Wrack, das im Wasser segeln vermag. Nur der Weise mag dies erkennen, doch er wird sich nicht das Recht zuschreiben, dies kundzutun; und der Dumme wird es nicht einmal bemerken.

Es klopft an der Tür.

DON MORO: *seufzt* Ja, herein.

Siebente Szene

Luigi tritt ein.

LUIGI: Hallo, Don Moro. Ich hoffe, ich störe Sie nicht.

DON MORO: Ganz und gar nicht. Komm rein, Luigi.

LUIGI: Angesichts Ihres gesundheitlichen Zustandes wollte ich noch einmal mit Ihnen sprechen.

DON MORO: *geht zu seinem Arbeitstisch, setzt sich und richtet Papiere* Ich habe dich von deinem Versprechen entbunden, Luigi, weil du mir nichts schuldig bist – das warst du nie.

LUIGI: O doch, Ernesto, das war ich Ihnen. Sie haben mir mein Leben gerettet und mein Anstand verbietet es mir, nichts im Gegenzug zu unternehmen.

DON MORO: Und mein Anstand verbietet es mir, von dir deine Schuld einzufordern. Wenn ich entgehen werde, bist du frei zu gehen. Ich werde veranlassen, dass du bis Lebensende versorgt wirst und versichert bist.

LUIGI: Nein, Don Moro…

DON MORO: Wenn du aber bleiben möchtest, ist dir auch dies erlaubt.

LUIGI: Don Moro, Sie haben schon so viel für mich getan.

DON MORO: Und ich werde auch mehr tun, wenn es sein muss. Luigi, wir kennen uns seit Sarajevo, haben beide

Weltkriege überlebt und dafür gesorgt, dass alle Clans Süditaliens dauerhaften Frieden erleben. Bewirf unsere lange Bekanntschaft, unsere Freundschaft, nicht mit Anstand und nicht mit Schuld.

LUIGI: Es… es tut mir leid. Ich kann es nicht fassen, dass sie sterben werden, Don Moro.

DON MORO: Das kann es niemand. *Nimmt aus der Schublade ein Dokument hervor* Hier ist mein Testament, Luigi. Es ist unterzeichnet von mir und meinem Anwalt. Ich möchte, dass du es verliest, wenn der Zeitpunkt gekommen ist. Von meinem Vermögen erhaltest auch du einen bescheidenen Betrag. Sei so gnädig und rufe zur Verlesung auch das örtliche Spital, unser Waisenhaus und den Vatikan, ich habe allen eine Spende hinterlegt.

LUIGI: Sie werden doch jetzt nicht sterben, oder? Sie haben doch noch etwas Zeit.

DON MORO: Ich weiß nicht, wann ich gehen werde, Luigi. Doch eines muss ich tun, und du wirst dabei ein letztes Mal helfen.

LUIGI: Alles, Don Moro.

DON MORO: Ich werde verreisen, heute noch.

LUIGI: Wie? Aber… lässt das Ihre Verfassung denn zu?

DON MORO: Ein letztes Mal einen Weg einschlagen, das kann ich noch, so fühle ich. Du darfst meiner Familie noch nicht sagen, dass ich verreist bin – sie dürfen mich nicht aufhalten. Erzähl es ihnen, wenn ich weg bin. Es ist aber nicht unwahrscheinlich, dass ich nie mehr zurückkehren werde – nicht, weil ich nicht kommen möchte, ich könnte bereits auf der Hinfahrt dahinscheiden. Deshalb *nimmt aus der Schublade Briefe hervor* habe ich letzte Botschaften verfasst, die du meiner Familie überreichen wirst, solltest du von der Nachricht meiner Vergangenheit erfahren.

LUIGI: Ich werde tun, wie Sie es möchten, aber es wäre sehr unvernünftig, jetzt abzureisen, wenn ich mir dieses Urteil anmaßen darf.

DON MORO: Darfst du, doch Vernunft kann mich nicht mehr retten. Ich werde gehen, Luigi. Und bevor ich es vergesse: Hier sind die Aufträge, die wir immer noch zu erfüllen haben. Ich habe sie durchgesehen und ordne sie alle an, verstanden?

LUIGI: Natürlich, Don Moro. Wohin werden Sie gehen?

DON MORO: Zur einzigen Person, bei der man immer Rat und Hilfe findet, ich gehe zu Mamma.

Vierter Akt

Ort: Östliches Broderieparterre bei Schloss Versailles. Contessa della Rovere sitzt auf einer Marmorbank im Schatten einer blühenden Sommerweide, im Hintergrund ein Brunnen mit Wasserspeier und Kaskade sowie ein Trianonschloss. Ein Bediensteter steht neben der Contessa und erwartet ihre Anordnungen.

CONTESSA: *liest mehrmals, mit Lorgnette in der Hand, ein Telegramm*

BEDIENSTETER: Puis-je vous aider encore, Madame la Comtesse ?

CONTESSA: Non, c'est tout. Dégagez-vous maintenant.

BEDIENSTETER: Bien sûr.

Bediensteter ab.

CONTESSA: Was ist meinem Jungen nur zugestoßen?

Schüttelt den Kopf

In der Ferne taucht Don Moro auf, der auf die Contessa zusteuert.

CONTESSA: *bemerkt Don* Mein Sohn, da bist du nun.

DON MORO: Buon giorno, Mamma!

Contessa macht sich die Mühe, steht auf und umarmt Don.

CONTESSA: Ich habe deine Nachricht immer und immer wieder gelesen und kann es nicht glauben – nein, ich will es nicht glauben.

DON MORO: *seufzt*

Beide setzen sich auf die Bank.

CONTESSA: Erzähl, Salvatore.

DON MORO: Nenn mich doch bitte Ernesto.

CONTESSA: Dein Vater gab dir den Namen Ernesto, ich dir Salvatore. Also, ist es wahr?

DON MORO: Ja, Mamma. Ich leide an Blutkrebs – Metastasen im Gehirn und in der Leber. Dottore Prosperiti gibt mir nicht mehr lange zu leben.

CONTESSA: *hält sich die Hand vor die Stirn* Leukose mit Manifestationen - sacrebleu. Aber Dottore Prosperiti? Ehrlich?

DON MORO: Er ist ein guter Mann, wenn auch geldhungrig.

CONTESSA: Und die Behandlung?

DON MORO: Dottore hat mir Medikamente verschrieben, aber…

CONTESSA: Aber was?

DON MORO: *seufzt*

CONTESSA: Salvatore, sag, was dich bedrückt.

DON MORO: Ich habe nicht vor, mich behandeln zu lassen.

CONTESSA: *blickt verdutzt ins Nichts*

DON MORO: Ehrlich gesagt, habe ich überhaupt nichts vor.

CONTESSA: Das verstehe ich nicht.

DON MORO: Keine Behandlungen, keine Operationen, keine Gedanken, keine Sorgen – nichts. Nichts, nichts, nichts! Es steht mir bis zum Hals und ich kann es nicht auswürgen, also mache ich nichts. Ich habe genug von all den Doktoren, die sich um mich scharen, weil sie Geld und nicht mich heilen wollen, ich habe genug davon, dass sich alle um mich sorgen und besorgt sind, ich habe genug vom Leben und vom Tod.

CONTESSA: *nickt*

DON MORO: Ich habe so viel der Welt gegeben, mehr als die Welt mir gegeben hat, habe ein Mafia-Imperium aufgebaut, eine große Familie und Reichtum wie kein anderer – aber es endet, wenn es enden muss. Und wenn es jetzt ist, dann soll es so sein.

CONTESSA: Bist du lebensmüde?

DON MORO: Nein… vielleicht. Aber Fakt ist, dass ich es zulasse.

CONTESSA: Deinen Tumor?

DON MORO: Mein Ende.

CONTESSA: Weißt du, Sal, als ich im Alter von Vittoria war, gab es schwierige Momente in der Familie. Paula, deine Tante, kam einmal mit einer besorgniserregenden Besorgnis zu mir, die sie von Onkel Pedro hatte, der diese wiederum von Papa erfahren hatte, da dieser wusste um die mentale und physische Verfassung von Mamma – versteht sich. Also erzählte mir Paula, dass der Onkel erzählte, dass Papa erzählte, dass es Mamma im Spital nicht gut ginge; ihr Zustand, ihre Gesundheit, verschlechterte sich rascher und unaufhaltsam. Die Ärzte von damals waren nicht gerade ein Glied des Bildungsbürgertums und hatten nicht die Gerätschaften von heute, doch es gab diese eine Möglichkeit, Mamma von ihrer schweren Krankheit zu befreien – mit Risiken natürlich, es gibt immer Risiken.

DON MORO: Was geschah dann?

CONTESSA: Mamma war wie du, sie wollte nichts mehr gegen ihre Schmerzen unternehmen, sie wollte nur noch diese Welt verlassen. Doch dann erinnerte sie sich an etwas: Sie hatte eine Familie. Sie hatte drei Töchter, zwei Brüder und einen Gatten – und einen Hund, der hieß Lesley.

DON MORO: Nicht Lewin?

CONTESSA: Das war Onkel Pedros Haushälter. Wie dem auch sei, als sie sich wieder erinnerte an ihre Familie, war ihr alles wieder klar wie Wasser, und sie entschied sich, diese Möglichkeit in Betracht zu ziehen. Wie der Zeitpunkt voranrückte, behandelte man sie – und das war damals sehr schmerzhaft. Und weißt du, sie überlebte. Sie überlebte und lebte. Ihre Krankheit war nicht mehr und sie hätte glücklich weiterleben können.

DON MORO: Aber?

CONTESSA: Sie ist vom Dach des Spital gesprungen.

DON MORO: Und wie… hilft das weiter?

CONTESSA: Möglicherweise hast du den Sinn hinter Mammas Tod nicht verstanden. Sie starb nicht, weil sie krank war, sie starb, weil sie sterben wollte.

DON MORO: *versinkt in Gedanken*

CONTESSA: Willst du sterben, Salvatore?

DON MORO: … nein.

CONTESSA: Dann solltest du nicht so reden.

DON MORO: Verzeih, Mamma, es ist gerade etwas kompliziert.

CONTESSA: Wegen deines Desinteresses?

DON MORO: Auch deswegen, ja.

CONTESSA: Gibt es noch etwas, das du mir sagen möchtest?

DON MORO: Vittoria…

CONTESSA: Was hat meine liebste Enkelin getan?

DON MORO: Sie hat sich in so eine ungarische Promenadenmischung von Anwalt verliebt.

CONTESSA: Du meinst Alvaro?

DON MORO: Du kennst diesen Sala, woher?

CONTESSA: Darf meine Enkeltochter mir keine Briefe schreiben?

DON MORO: Eigentlich wundert es mich nicht, dass du hiervon Kenntnis besitzt.

CONTESSA: Also, was bei Alvaro regt dein bescheidenes Gemüt auf?

DON MORO: Er wird der Familie nichts Gutes bringen – das spüre ich.

CONTESSA: Hast du mit ihm schon mal darüber gesprochen?

DON MORO: Mit wem, Rinaldi?

CONTESSA: Ja.

DON MORO: Glaubst du, mit einem wie ihm lässt es sich sprechen? Er wird nur süßholzraspeln und mir vorgaukeln, wie toll er das Anwesen fände und dass er sich sehr geehrt fühlte, von mir eingeladen worden zu sein.

CONTESSA: Mhm.

DON MORO: Ich habe Vittoria angesichts meiner gesundheitlichen Verfassung erlaubt, mit ihm einen Bund einzugehen.

CONTESSA: Bringt er nicht Ungutes in die Familie?

DON MORO: Doch, natürlich. Aber Vittoria soll sich keine Schuld geben an meiner Krankheit.

CONTESSA: Du hast sie beschuldigt?

DON MORO: Nein, sie sich selbst. Sie denkt, weil sie Alvaro kennengelernt hat, erlitte ich an Blutkrebs. Aber der Krebs ist nicht durch dieses „Trauma" entstanden.

CONTESSA: Hat Dottore Prosperiti herausgefunden, woher die Leukose kommt?

DON MORO: Nein, aber sie ist Ursache meiner „Psychosen", also meines Desinteresses an so gut wie allem. Vittoria versteht es nicht, so fürchte ich. Also habe ich sie erstmals beruhigt. Sie wird ihn sehr wahrscheinlich heiraten, auch wenn ich es nicht möchte – sollte der Zeitpunkt kommen, werde ich hoffentlich ins Gras gebissen haben.

CONTESSA: Hör auf so einen Unfug zu reden, Salvatore. Deine jüngste Tochter hat ein Pendant gefunden und wird heiraten. Das kann man nicht von deinen anderen Sprossen behaupten. Dir wird großes Glück zuteil, wenn du Großvater wirst.

DON MORO: Ich weiß, ich weiß. *Seufzt*

CONTESSA: Soll ich dir Limonade holen?

DON MORO: Ein Glas Wasser würde reichen, danke.

CONTESSA: *ruft einen Bediensteten*

BEDIENSTETER: *erscheint* Oui, Madame?

CONTESSA: De l'eau s'il vous plait – et un peu plus vite.

BEDIENSTETER: Bien sûr, Madame.

CONTESSA: *zu Don Moro* Und wie geht es der Familie? Wie geht es Laura?

DON MORO: Wir sind alle bestürzt, Mamma. Ich glaube, Laura leidet besonders unter meinem Leid.

CONTESSA: Der Bund der ewigen Liebe ist ein Zweibund.

DON MORO: *nickt* Ich hoffe, sie wird das Geschäft und den Vorstand der Familie übernehmen.

CONTESSA: Du hast dir darüber also schon Gedanken gemacht.

DON MORO: Ich mache mir über alles Gedanken.

CONTESSA: Sollte Massimo nicht dein Nachfolger werden?

DON MORO: Doch, aber er ist noch zu unerfahren.

CONTESSA: Und Laura ist es?

DON MORO: Erfahren genug, um unseren Clan zu führen.

CONTESSA: Das glaube ich dir, aber ich hoffe trotzdem darauf. Was wird Luigi machen? Hast du ihn von seinem Eid befreit?

DON MORO: Eid? Das hört sich so offiziell an. Aber ja. Ich habe alles Nötige für ihn arrangiert. Doch er scheint dies nicht zu akzeptieren.

CONTESSA: Was?

DON MORO: Er ist mir immer noch loyal.

CONTESSA: Dann wird er auch nach deinem Tod
Consigliere bleiben.

DON MORO: Das bleibt ihm überlassen. Ich habe gedacht,
vielleicht könntest du Consigliere werden.

CONTESSA: *geschmeichelt* Salvatore…

DON MORO: Du hast unseren Clan schon einmal geführt
und unter deiner Regentschaft haben wir geblüht.

CONTESSA: Was war, ist geschehen. Was kommt, können
wir nicht beeinflussen. Wenn es das Schicksal abverlangt,
komme ich. Aber mein Alter ist mir im Gegensatz zu früher
kein treuer Freund mehr.

DON MORO: War das Alter jemals ein treuer Freund?

CONTESSA: *lacht*

Licht dimmt und geht aus. Stimmen ertönen.

GUIDOS STIMME: Das können Sie nicht verlangen! Sind Sie
denn noch bei Verstand?

LUIGIS STIMME: Beruhige dich, Guido. Es steht hier,
schwarz auf weiß. Außerdem habe ich den Auftrag bereits
weitergegeben.

GUIDOS STIMME: Zum Henker mit dem Auftrag. Das
können wir nicht machen – das können Sie nicht machen,
Luigi.

LUIGIS STIMME: Es ist unsere höchste Pflicht, diesem Dokument gewissenhaft nachzugehen.

GUIDOS STIMME: Gewissen? Glauben Sie, irgendjemand hat noch ein Gewissen, wenn wir diesen Auftrag ausführen? Wollen Sie Blut an Ihren Händen kleben sehen, Luigi, an den Händen unserer Leute?

LUIGIS STIMME: Es klebt bereits Blut an ihnen, Guido, sogar sehr viel. Hast du vergessen, in welcher Branche wir tätig sind? Unser Kodex verbietet es uns, einen Auftrag abzulehnen, der von der Oberschicht angeordnet wurde.

GUIDOS STIMME: Don Moro kann solch einen Auftrag niemals angeordnet haben. Er ist krank, das wissen Sie so gut wie alle anderen.

LUIGIS STIMME: So instabil Don Moros Gesundheit ist, wir dürfen unter keinen Umständen rebellieren – das ist Insubordination.

GUIDOS STIMME: Insubordination? Ich möchte Sie dieses Wort sagen hören, wenn der Auftrag erledigt ist. *Schritte, Tür fällt zu*

LUIGIS STIMME: *zu sich selbst* Wir dürfen das nicht, Guido, du wirst das schon verstehen. Don Moro hat es angeordnet. Ja, es ist unsere heiligste Pflicht. Das ist unsere Aufgabe im ehrenvollen Clan der Familie di Moro. Du wirst es verstehen.

Don Moro hat es angeordnet.

Licht geht an.

CONTESSA: Ah, da kommt diese Rohwurst von Franzose.

Bediensteter erscheint mit Glas Wasser.

CONTESSA: Vous auriez pu ralentir un peu.

BEDIENSTETER: Excusez, Madame, mais

CONTESSA: Ne me dites rien. Allez-y.

Bediensteter gibt Don Moro Glas Wasser und verschwindet.

DON MORO: *nimmt einen Schluck* Gibt es sonst noch irgendwelche Lebensweisheiten, die du mir auf meinem übrigen Weg mitgeben möchtest?

CONTESSA: Lebensweisheiten? Sehe ich aus wie Siddhartha Gautama?

DON MORO: Ich dachte nur…

CONTESSA: Ja?

DON MORO: Ich könnte bei dir Rat finden, Antworten, um alles zu verstehen. Aber…

CONTESSA: … aber?

DON MORO: Ich bin mir nicht sicher, ob es da viel zu verstehen gibt.

CONTESSA: Wieso bist du dann gekommen?

DON MORO: Vielleicht weiß ich einfach nicht mehr, was ich mit der kleinen Zeit, die mir bleibt, anfangen soll. Es interessiert mich eigentlich so viel, wie es mich nicht interessiert.

CONTESSA: Was?

DON MORO: Frag nicht, ich verstehe es selbst nicht.

CONTESSA: Dann gibt es was, das es noch zu verstehen gilt.

DON MORO: Mein Desinteresse muss nicht verstanden werden.

CONTESSA: Sondern?

DON MORO: Seit ich meinen Anfall hatte, denke ich nur noch darüber nach. Ich denke und frage mich, wieso mich solch ein Schicksal treffen musste. Wieso musste alles so kommen, wie es gekommen ist. Das ist es, was ich wohl nicht verstehe.

CONTESSA: *nickt*

DON MORO: Ich hatte sehr viele Gespräche mit unserem Freund. *Zeigt nach oben*

CONTESSA: Und was hat er gesagt?

DON MORO: Nicht viel – eigentlich gar nichts.

CONTESSA: Ja, das sieht ihm ähnlich.

DON MORO: Ich habe ihm gesagt, dass ich ihn nicht mehr brauche. Ich habe mich von ihm gelöst – ich glaube nicht mehr an ihn, ich glaube nicht mehr.

CONTESSA: *erstaunt* Diese Worte aus deinem Mund kommen zu sehen, lässt mich im Staunen. Dein Vater und du glaubtet sehr strikt an die höhere Macht und Metaphysik des Christentums. Diese Krankheit muss dich sehr stark verändert haben. Aber weißt du, nicht zu glauben, ist nicht falsch – und wenn es das ist, dann ist Glauben ebenso falsch. Ich selbst bin Atheistin – nur um dem Fegefeuer meiner Gräueltaten entfliehen zu können, ich scherze natürlich – und ich bin fest entschlossen, dass es keinen gibt, der über uns wacht und durch dunkelste Täler begleitet. Und was unterscheidet mich zu einem Priester des Katholizismus? Gut, vielleicht das Zölibat, aber ich und ein Gläubiger im Vergleich ähneln uns in fast allen Aspekten. Ein Gläubiger mag vielleicht an ein Leben nach dem Tod glauben, aber wie auch ich an den Tod, der so gewiss ist wie meine Arthritis am rechten Knie. Man muss kein Gläubiger sein, um zu glauben. Aber um ein Gläubiger zu sein, muss man glauben – das sei mal gesagt. Die Christen haben ihre Gebote, die Gesetze ihres Allmächtigen, die sie zu befolgen haben, denn Gottes Paradies kann nicht durch Müßiggang oder Mord erreicht werden. Die Muslimen haben ihre Scharia, der Pfad in der Wüste, der zur Quelle führt. Die Buddhisten leben in ihrem ewigfließenden Kreis aus Einklang und Gleichgewicht. Und die Hinduisten... nun gut, ich kenne mich nicht wirklich mit dem Hinduismus aus. Die einzige Frage jedoch, die an den Menschen als Mensch gestellt wird, ist, ob man im Einklang mit dem Gott und mit sich selbst leben möchte, gebunden an die religiöse, moralische Gesetzlichkeit, oder ob man sich dessen entziehen und ein Leben leben möchte, dessen Schranken überwindbar sind.

DON MORO: *versinkt in Gedanken* Aber auch ohne den Glauben kann man im Einklang mit sich selbst leben, oder?

CONTESSA: Certainement. Doch was möchtest du, Salvatore, ein Leben als freies Geschöpf, ohne Ruch, ohne Moral, ohne Justiz, oder ein Leben als ein Glied höherer Bestimmungen, als Teil eines Ganzen, mit Recht und Unrecht, Moral und Ethik. Was möchtest du? Du hast die Wahl.

DON MORO: Habe ich diese? Eine Wahl, wo ich alles fallengelassen habe?

CONTESSA: Man hat immer eine Wahl, Sal, man muss sie nur ergreifen.

DON MORO: Aber... unser Freund wird mich doch nur bestrafen für meinen Verrat.

CONTESSA: Leben wir im elften Jahrhundert? Religionen sind nicht geschaffen, um zu bestrafen und jemanden zu Rechenschaft zu ziehen. Niemand muss Gott Buße tun, wenn man etwas Unmoralisches oder Unkonventionelles gemacht hat.

DON MORO: Du hast wahrscheinlich recht.

CONTESSA: Natürlich habe ich das.

DON MORO: Wärst du Luthers Zeitgenossin, hättest du wahrscheinlich mitgeholfen, die Thesen an die Kirchtüren zu hämmern.

CONTESSA: Ich hätte sie ihm geöffnet, die Türen.

DON MORO: Dann muss ich mich wohl entscheiden.

CONTESSA: Müssen musst du nichts, außer nichts zu müssen. Du darfst dich entscheiden, aber ich riete dir, dich zu entscheiden. Als ich in die Fußstapfen meiner Eltern trat und Kopf des Clans wurde, musste ich wählen zwischen Krieg und Frieden. *Lacht und schüttelt den Kopf* Es ist so einfach, über Leben und Tod anderer zu entscheiden, wenn man ein Anführer ist.

DON MORO: Und wie hast du dich entschieden?

CONTESSA: Ich fragte meine Großmutter um Rat – sie war damals so jemand, wie ich es jetzt für deine Kinder bin.

DON MORO: *nickt*

CONTESSA: Und meine Großmutter war sehr weise, sie entschied nicht für mich, sondern gab mir eine Laterne auf den Pfad mit. Sie sagte mir eine Sache, die ich nie vergessen würde, eine Lebensweisheit, wie du sie nennen würdest. Sie sagte, triff niemals eine Entscheidung, sei du die Entscheidung.

DON MORO: Ich…

CONTESSA: Ich habe anfangs auch nicht verstanden, was sie damit meinte, aber als ich mir noch einmal der Situation bewusst war, in der ich steckte, begann ich zu verstehen, was sie mir damit sagen wollte.

DON MORO: Was war es?

CONTESSA: Es ist egal, welche Entscheidung ich träfe, es wäre meine Entscheidung.

DON MORO: Ist das hilfreich?

CONTESSA: Zurück zu meiner Situation: Es hieß Krieg oder Frieden.

DON MORO: Und?

CONTESSA: Ich habe den Frieden gewählt, um Krieg zu machen.

DON MORO: *verdutzt* Wie geht das?

CONTESSA: Du weißt doch noch von der Versammlung der Clans in der Schweiz?

DON MORO: In dieser Hochburg in Grigioni? Als du den Consigliere der 'Ndrangheta mit einer Schachfigur ermordet hast?

CONTESSA: Er hat mich zuerst angegriffen. Und ja, das war diese Geschichte.

DON MORO: Darüber könnte man einen ganzen Roman schreiben.

CONTESSA: Viel eher ein Theaterstück, um die Dramatik hervorzuheben. Ich habe mir sogar ein paar Gedanken darüber gemacht. Wie dem auch sei… wo waren wir eigentlich?

DON MORO: Du hast von Entscheidungen gesprochen.

CONTESSA: Ach ja, stimmt.

DON MORO: Ich denke, dass ich mich schon entschieden habe.

CONTESSA: Wirklich? Na dann.

DON MORO: Ich danke dir, Mamma. Du hast mir wirklich die Augen geöffnet.

CONTESSA: Ich bin nun mal ein Augenöffner.

DON MORO: *grinst* Und wie ist es dir so ergangen, nach dem Krieg?

CONTESSA: Ach, das Übliche, Politik hier, Korruption und Schwarzmarkt da – ab und zu auch ein paar Morde, aber in dieser Branche bewege ich mich seit längerem nicht mehr.

DON MORO: Wie kommt es eigentlich, dass du in Paris, ähm, Versailles bist?

CONTESSA: Viele Zahnräder sind am Laufen, Salvatore. Die Schlinge der Demokratie bindet sich um Europa. Irgendwann stecken wir so tief drinnen, dass wir uns daran erhängen.

DON MORO: *sieht Contessa misstrauisch an* Du scheinst ja wirklich viel Interesse an der internationalen Politik zu haben.

Konrad und Carlo laufen vorbei.

CONTESSA: Buon giorno, Carlo. *Auf Deutsch* Guten Tag, Konrad.

Konrad und Carlo grüßen Contessa. Konrad und Carlo ab.

CONTESSA: Ich werfe gerne mein Wort in Angelegenheiten ein, die mich und sehr viele andere Menschen betreffen.

DON MORO: Verstehe.

CONTESSA: Also, was wirst du nun machen?

DON MORO: Ich werde nach Hause zurückkehren. Sicherlich erwarten mich alle.

Licht dimmt und geht aus. Stimmen sind zu hören.

TESTAS STIMME: Huch, Sie sind hier.

MASSIMOS STIMME: Was machen Sie im Esszimmer unseres Anwesens? Was machen Sie überhaupt hier, Signorina… wie war nochmal der Name?

TESTAS STIMME: Flavia, Flavia Testa. Und Sie sind Massimo, Prinzregent des Clans di Moro.

MASSIMOS STIMME: Prinzregent. Das hört sich so einfach an.

TESTAS STIMME: Stimmt etwas nicht?

MASSIMOS STIMME: Was wollen Sie hier eigentlich?

TESTAS STIMME: Ich wollte zu Ihrem Vater, aber er scheint gerade abwesend zu sein.

MASSIMOS STIMME: Er ist nach Frankreich abgereist, zu unserer Großmutter.

TESTAS STIMME: Und wo ist der Rest?

MASSIMOS STIMME: Unterwegs, Mamma sollte bald kommen, Vittoria ist sicherlich bei Alvaro, Annamaria mit Silvia irgendwo und Luigi und Guido müssten noch im Büro sein.

TESTAS STIMME: Dann sind wir alleine?

MASSIMOS STIMME: Ja, wieso?

TESTAS STIMME: Ich bin eine gute Zuhörerin, erzählen Sie mir alles, Don Massimo, vielleicht kann ich Ihnen ja einen Ratschlag geben.

MASSIMOS STIMME: *mit einem Hauch Widerwillen* Nun gut, und Sie dürfen mich Massimo nennen.

TESTAS STIMME: *erfreut* Flavia. Also, Massimo, was bedrückt dich.

MASSIMOS STIMME: *seufzt* Setz dich. Wo soll ich nur anfangen? Ich bin eben erst gekommen, habe diesem verdammten Milano geholfen, seine verrückte Tochter aus dem Knast zu befreien.

TESTAS STIMME: War etwas so, wie du es dir nicht vorgestellt hast?

MASSIMOS STIMME: Alles ist so, wie ich es mir nicht vorgestellt habe, alles. Ich bin verzweifelt, ich weiß nicht, ob ich nach Papas Tod den Clan übernehmen kann – ich weiß es nicht, und ich fürchte mich.

TESTAS STIMME: Sich vor einer großen Aufgabe zu fürchten, ist nicht verkehrt, Massimo. Jeder darf sich fürchten – Furcht ist ein Fluss, der in Mut mündet.

MASSIMOS STIMME: Du hast vielleicht recht, aber ich bin hierzu nicht gewachsen, ich kann es einfach nicht.

TESTAS STIMME: Sicherlich bedrückt dich viel.

MASSIMOS STIMME: Das kannst du laut sagen.

TESTAS STIMME: Willst du das überhaupt? Diese ganze Mafia-Geschichte, die Aufträge, die Verbrechen, die vielen Toten. Willst du so viel Gewalt in deinem Leben?

MASSIMOS STIMME: Das… das hat mich noch niemand gefragt… ich…

TESTAS STIMME: *hält ihre Hand vor Massimos Mund* Schht. Du brauchst nichts zu sagen, Massimo. Ich habe eine Lösung für dich, einen Ausweg, dich deines Leids, deiner Verzweiflung zu entledigen.

MASSIMOS STIMME: … was bietest du mir gerade an?

TESTAS STIMME: Einen Neuanfang.

Licht an.

CONTESSA: Mhm, klar. So wie du spurlos verschwunden bist.

DON MORO: Mich hätte jeder aufhalten wollen, zu dir zu reisen.

CONTESSA: Ich werde mit dir kommen.

DON MORO: Wie? Aber du hast doch sicher viel zu tun.

CONTESSA: Das habe ich, aber Frauen meiner Liga sind nahezu immer beschäftigt. Ich habe in Versailles nichts mehr zu schaffen, und die Frankophonie geht mir langsam an die

Gurgel. Zu viele Croissants, das sage ich dir. Ich habe bereits meine Sachen gepackt und eine Limousine vorfahren lassen. Wir können jederzeit aufbrechen, wenn du möchtest.

DON MORO: Sicher, dass du nach Hause fahren möchtest?

CONTESSA: Für meinen Sohn würde ich alles tun. Und mal wieder die alten Landstriche zu durchstreifen und gute Freunde, Landsmänner und Lesdames de soirée aus früheren Tagen wiederzusehen, wird meiner bestandenen Seele guttun.

DON MORO: Es hat sich kaum etwas verändert.

CONTESSA: Außer dass drei Viertel meiner Zeitgenossen den Löffel abgegeben haben.

DON MORO: *lacht* Du wirst auch Tante Paula und Tante Veffa sehen, das ist dir bewusst.

CONTESSA: Darüber musste ich den ganzen Tag nachdenken. Aber wir sind Schwestern, wir sind so unzertrennlich, wie wir uns bekriegen würden. Außerdem werde ich sie ja nicht jeden Tag sehen müssen.

DON MORO: Kommt drauf an.

CONTESSA: Auf was?

DON MORO: Egal. Wir können im Grunde schon abreisen.

CONTESSA: Ja?

DON MORO: Ja. Doch dürfte ich noch ein paar Momente für mich haben?

CONTESSA: Aber natürlich.

Contessa bleibt sitzen. Don sieht sie erwartungsvoll an.

DON MORO: Ähm…

CONTESSA: Soll ich gehen?

DON MORO: Das habe ich gemeint, als ich sagte, dass ich ein paar Momente für mich hätte.

CONTESSA: Na sag das doch gleich.

Contessa steht auf und schreitet mit Spazierstock aus teurem Glas mit Knauf aus weißem Gold, mit meisterlicher Führung, ohne den Stock auf dem Boden abzusetzen, in Richtung des Schlosses von Versailles. Don betrachtet die Ästhetik und Filigran der königlich-französischen Broderien.

DON MORO: *zu seinem Freund dort oben* Nun, ich habe nachgedacht. Und diesmal mehr als davor.

Stille.

DON MORO: Mamma hat mich zur Vernunft geleitet. Ich habe mich entschieden, ich habe mich für dich entschieden, um mich aber für mich zu entscheiden, verstehst du? Ich denke, dass ich angefangen habe, wieder an dich zu glauben. Doch Mamma hatte recht, man glaubt nicht, nur um an dich zu glauben; ich muss mich erst noch finden, und erst wenn ich im Einklang mit mir bin, werde ich gehen von dieser Welt. Bis dahin, verschone mich noch, bitte, erhöre mich und verschone mich, lass mich noch ein Weilchen weilen unter den Lebenden, bis ich bereit bin, bis ich bereit bin zu sterben. *Zuhörende Stille.*

DON MORO: Ich will leben, Freund, aber ich werde es akzeptieren, wenn ich sterben muss.

Stille.

DON MORO: *steht auf* Dann… ist alles gesagt. *Sieht ein letztes Mal auf* Bis dass mich der Tod entreißt.

Don ab.

Licht dimmt und geht aus. Stimmen ertönen.

Schritte, Tür geht auf.

VITTORIAS STIMME: Mamma, was hast du? Mamma, aber wieso weinst du?

DONNA LAURAS STIMME: Ach, Vittoria, du solltest mich so nicht sehen.

VITTORIAS STIMME: Was ist geschehen? Wieso liegen Einkaufsprodukte auf dem Boden herum? Hast du sie fallengelassen?

DONNA LAURAS STIMME: *weint*

VITTORIAS STIMME: Mamma… was hast du?

DONNA LAURAS STIMME: Sieh, sieh was uns zugestoßen ist.

Vittoria scheint einen Zettel in der Hand zu haben.

VITTORIAS STIMME: Wie? Aber… aber… das ist… Massimo ist gegangen? Aber… das verstehe ich nicht.

DONNA LAURAS STIMME: Er ist fort… er ist einfach gegangen, einfach so. Als wäre er damit all unserem Pech entflohen.

VITTORIAS STIMME: Er ist mit Flavia gegangen.

DONNA LAURAS STIMME: Battista hatte sie nie gemocht.

VITTORIAS STIMME: O Mamma, wieso geschieht das alles nur?

DONNA LAURAS STIMME: Ich… weiß nicht mehr weiter, Vittoria. Ich weiß einfach nicht mehr, was ich tun soll.

VITTORIAS STIMME: *scheint sie zu umarmen*

DONNA LAURAS STIMME: Noch nie in meinem Leben war ich so leer, so nutzlos. Mir sind alle Hände gebunden und das Schlimme ist, dass ich nicht einmal weiß, wieso. *Seufzt mit einer gewissen Traurigkeit*

VITTORIAS STIMME: Ich glaube, so geht es uns allen. Aber irgendwas müssen wir ja machen.

DONNA LAURAS STIMME: Hoffen können wir, Vittoria, hoffen – wie auch davor.

VITTORIAS STIMME: Hoffen auf was, Mamma?

DONNA LAURAS STIMME: Hoffen, Vittoria, hoffen. Wo ist Alvaro?

VITTORIAS STIMME: Er wartet in seinem Automobil. Ich wollte noch etwas holen, bevor wir zu ihm fahren.

DONNA LAURAS STIMME: Mach das, mach das. Dein Vater – dieser Tor – wird sowieso nicht so schnell herkommen. Das dauert alles… wenn er… wenn er überhaupt…

VITTORIAS STIMME: Ich verstehe.

DONNA LAURAS STIMME: … ja…

VITTORIAS STIMME: Weißt du… ich habe mir überlegt, wie es heißen soll, mein Kind.

DONNA LAURAS STIMME: *lächelnd* Ja?

VITTORIAS: Wenn es ein Mädchen wird, soll es deinen Namen tragen: Laura.

DONNA LAURAS STIMME: *lacht leise*

VITTORIAS STIMME: Und wenn es ein Junge wird, soll er so heißen wie Papa: Ernesto.

DONNA LAURAS STIMME: Danke, Vittoria, danke.

Fünfter Akt: Endspiel

Erste Szene

Ort: Herrenhaus Lacasa, Don Moros Kabinett. Don Moro tritt ein und setzt sich auf die Ottomane. Contessa della Rovere schreitet ins Kabinett über Boden und Teppich zum Bureau und setzt sich auf den Schreibtischsessel.

CONTESSA: Diese Fahrt war so unerträglich, wie sie lang war.

DON MORO: Und ich musste sie zweimal antreten.

CONTESSA: Nun, hättest du mir vorher Bescheid gegeben, wäre ich selbst zu dir gekommen.

DON MORO: Ich wollte dir keine Umstände bereiten.

CONTESSA: Bitte. *Lehnt sich in den Sessel zurück* Ich hatte ganz vergessen, wie es war, auf diesem Stuhl zu sitzen – nun tue ich es erneut.

DON MORO: Die Vergangenheit holt uns ein.

CONTESSA: Wohl wahr.

DON MORO: Ob sie schon Wind davon bekommen haben, dass wir beide eingetroffen sind?

CONTESSA: Dein Portier wird es sicher allen sagen.

Die Tür wird aufgerissen, Battista, Donna Laura, Guido und Signora Gatelli treten ein.

BATTISTA: Papa!

DONNA LAURA: Ernesto!

GUIDO: Don Moro…

GATELLI: Don Signore!

DON MORO: *erfreut* Meine Familie… und Signora Gatelli…

Die Eingetretenen, außer Gatelli und Guido, umarmen Don Moro nacheinander.

DONNA LAURA: Ernesto, was hast du dir in den Kopf gesetzt? Versprich mir, dass so etwas nie wieder passiert.

DON MORO: Meine geliebte Kirschblüte, es gibt immer eine Erklärung hinter allem. Und diese Reise musste ich auf mich nehmen.

BATTISTA: Wieso haben wir davon erst erfahren, als du schon weg warst – und dazu noch von Luigi.

DON MORO: Bitte, Familie, meine Verfassung erlaubt kein Kreuzverhör.

CONTESSA: *räuspert sich* Wie schön, dass mich so viele vermisst haben.

DONNA LAURA: Hallo Mamma Tella.

BATTISTA: Hallo Nonna. *Geht zu Contessa und umarmt sie*

CONTESSA: Salvatore tat gut daran, zu mir zu kommen. Seine Sinne waren benebelt – er brauchte Rat und ich habe ihn ihm gegeben.

DONNA LAURA: Das hört sich gut an…

DON MORO: *schaut sich um*

GATELLI: Signore Don, als ich es erfuhr – mein Gott -, ich konnte es nicht glauben. Bei allem, was mir Seelig ist, Ihnen viel Gesundheit.

DON MORO: Danke, danke… aber s*chaut sich weiter um* wo sind meine anderen Kinder? Wo ist Annamaria, wo ist Massimo und wo ist Vittoria? Wussten Sie nicht von meiner Wiederkehr?

DONNA LAURA: Niemand wusste genau, wann du kommst.

BATTISTA: Der Weg von Paris nach Süditalien ist ein weiter.

DON MORO: Und wo sind sie nun?

DONNA LAURA: *zittert*

DON MORO: Ja?

BATTISTA: Massimo ist…

DONNA LAURA: Massimo ist fortgegangen.

DON MORO: … was?

CONTESSA: *zeigt sich erschrocken*

DONNA LAURA: Vor drei Tagen habe ich eine Notiz auf dem Tisch im Esszimmer gefunden. Massimo ist fortgegangen, mit Flavia Testa.

BATTISTA: Sie will sich rächen, indem sie mich verrät.

DONNA LAURA: Er schreibt, dass er einen Neuanfang braucht.

DON MORO: *stottert* Neuanfang?

DONNA LAURA: Er wird nie wieder zurückkommen.

GUIDO: Don Moro… ich habe etwas zu sagen…

DON MORO: Massimo, mein Ältester. Was hast du dir nur in den Kopf gesetzt?

GUIDO: *beginnt zu zittern* Don Moro, ich muss Ihnen etwas sagen…

DON MORO: Ich liege im Sterben, und mein Sohn, der mein Erbe fortführen wird, verlässt mich.

GUIDO: Don Moro…

Die Tür geht auf, Dottore von Döber und zwei Menschen der Jurisprudenz treten ein.

CONTESSA: *zu von Döber* Hector?

DONNA LAURA: Dottore?

DÖBER: Guten Tag, Familie di Moro.

DON MORO: Dottore von Döber, was machen Sie hier?

Zweite Szene

Esszimmer des Hauses Lacasa; Rizzi zerrt Annamaria am Arm ins Zimmer hinein.

ANNAMARIA: Sachte, sachte, was ist denn?

RIZZI: Bevor du nach oben zu deinem Vater gehst…

ANNAMARIA: Ist etwas? Ich würde nämlich gerne bei meinem sterbenden Vater sein.

RIZZI: Es gibt in der Tat etwas, Anna. *Wirkt verlegen*

ANNAMARIA: Was denn nun?

RIZZI: Es… es ist etwas passiert, Anna. Und du musst wissen, dass ich das alles nur für dich gemacht habe. Anfangs haben wir alles auf diesen Dreckskerl geschoben, aber jetzt kommt es besser.

ANNAMARIA: *verdutzt* Wie? Was hast du für mich gemacht?

RIZZI: Ich konnte es nicht ertragen, dich so zu sehen, Anna. Ich konnte nicht mitansehen, wie dich diese Qualen zerfressen, ich sah doch, wie es dich wie Gift zersetzt. Ich… ich konnte nicht tatenlos herumstehen.

ANNAMARIA: Rede nicht so um den Brei herum – komm zur Sache.

RIZZI: *nimmt Annamarias Hände in ihre* Ich will dich nicht schmerzen sehen, Anna, ich will nicht, dass du leidest.

ANNAMARIA: Was? Was ist mit dir?

RIZZI: Dein ganzes Leben ist übersäht mit Steinen, du bist unglücklich – ich sehe und weiß das. Und die Liebe – mein Gott – durftest du nicht kennenlernen, die Liebe! Eine so einfache Sache und doch so scharf wie die Dornen der Rosen. Niemand hat dich geliebt, Anna, wie du es immer wolltest. Niemand hat dich so verehrt, wie es dir eigentlich zusteht.

ANNAMARIA: …

RIZZI: Liebe im Leben eines Menschen ist das Einzige, was das Leben erst lebenswert macht. Und du, du schöner Mensch, du ansehenswerte Frau, eine Skulptur femininer Schönheit, du konntest nie lieben, du durftest nie lieben.

ANNAMARIA: Was willst du mir sagen?

RIZZI: Ich habe getan, was nötig war, um dich zu befreien. Du hast gelitten; und deine Geschwister, allesamt Missgeburten, sind glücklich und verliebt. Ich habe es gemacht, damit du sie nie mehr beneiden musst.

ANNAMARIA: Was, was hast du gemacht? Silvia, komm endlich auf den Punkt. Deine Worte verstehe ich nicht.

RIZZI: Anna, *sieht ihr tief in die Augen und tränt* ich liebe dich.

ANNAMARIA: *nimmt ihre Hände weg*

RIZZI: Ich liebe dich, Anna, und alles tat ich deinetwegen. Du kannst nun lieben – lieben und leben.

ANNAMARIA: *versucht zu gehen*

RIZZI: *hält Annamaria auf* Anna, bitte

ANNAMARIA: *stößt Rizzi weg* Nein, du bist krank – krank und bildest dir schräge Fantasien ein. Verschwinde aus meinem Haus, verschwinde und zeige mir deine Visage nie mehr.

RIZZI: Aber Anna

ANNAMARIA: *schreit* Geh!

RIZZI: *weint*

ANNAMARIA: Geh endlich, du kranke Fehlgeburt.

Dritte Szene

Don Moro, Contessa, Donna Laura, Battista, Guido, Gatelli, Döber und zwei Juristen im Kabinett Don Moros.

DON MORO: Dottore von Döber, gibt es eine Erklärung für Ihr plötzliches Auftreten?

DÖBER: In der Tat. Es geht nämlich um Dottore Francesco Prosperiti.

GATELLI: Dem Podologen?

JURISTIN: Oder der, der er zu sein scheint.

DON MORO: Ich fürchte, ich verstehe nicht ganz.

DÖBER: Sie können beruhigt sein, Signore di Moro. Ich habe ermittelt gegen Signore Prosperiti und viel herausgefunden. *Zur Juristin* Bitte, lesen Sie die Anklagepunkte vor.

JURISTIN: Francesco Prosperiti, Inhaber eines Doktorgrades, ist des Betrugs, der Dokumentfälschung, der Verbreitung falscher Informationen und des resultierenden Aufruhrs in Kreisen seiner Mitmenschen und behandelten Patienten beschuldigt. Es ist bestätigt, dass Francesco Prosperiti nie ein Studium für podologische Wissenschaften absolviert hat und damit gesetzeswidrig behandelnder Arzt in einer Praxis ist. Zudem ist keine veröffentlichte Dissertation Prosperitis gefunden worden, was zu der Annahme führt, dass dieser den akademischen Grad des Doktors nicht erlangt hat.

Darüber hinaus sind in Francesco Prosperitis Büro in seiner Praxis Akten gefunden worden, die einen Drogenhandel und den finanziellen Betrug mehrerer Banken und Finanzfirmen bestätigen. Es ist außerdem bekannt und nach Gesprächen mit betroffenen Patienten bezeugt, dass besagter Delinquent ungenaue, falsche oder gar erfundene Diagnosen an Patienten festgestellt hat, um sich so mit unbezahlbaren Therapien mehr Geld anzuschaffen.

DON MORO: *fällt in die Ottomane zurück und hält sich die Hand an die Stirn*

DONNA LAURA: Bei meiner Seele.

DÖBER: Sie sind gesund, Signore di Moro, *erfreut* kerngesund!

DON MORO: *beginnt zu lächeln* Ich… ich verstehe das irgendwie nicht.

KOMMISSAR: Francesco Prosperiti ist bereits inhaftiert und wartet im Gefängnis auf seine Bestrafung.

DONNA LAURA: Wie ist das nur möglich? Dottore von Döber, waren Sie das?

DÖBER: Ja, Signora di Moro. Seit ich das erste Mal bei Ihnen war und auf Prosperiti traf, wusste ich, dass etwas nicht stimmen würde. Ich kannte Prosperiti schon von früher, und auch damals war er ein verlogener Hochstapler, der nur auf Moneten aus war.

DON MORO: *steht auf und wirft seinen Gehstock auf den Boden* Mein Gott, es ist, als besäße ich vier Lungen. *Atmet tief ein* Ich spüre meine Lebenskraft.

DONNA LAURA: *umarmt Don* Ernesto, ich wusste, dass sich alles dem Besseren wendet.

DON MORO: Aber, Dottore, woher kommt dann mein Desinteresse?

DÖBER: Symptomatik beginnender Depression. Ich rate Ihnen, ein paar Gesprächstherapien mit mir zu machen – Kosten gehen aufs Haus.

DONNA LAURA: Für was haben wir Ihre Dankbarkeit verdient, Dottore?

DÖBER: Bitte, Signora, Sie schmeicheln mir. Ich bin einfach nur ein Arzt, der nach gerechter Medizin verlangt.

GATELLI: *zum Kommissar* Und zu wem gehe ich jetzt wegen meiner Hornhautentzündung an den Fersen?

DON MORO: Ich fasse es einfach nicht, dieser miese Italiener. Ich würde ihm am liebsten seine Gliedmaßen entreißen, um sie ihm in seine fünf Löcher zu stecken.

DÖBER: Sie haben alle guten Grund zur Freude und ich gönne es Ihnen auch. Doch die Moral verlangt von mir, Ihnen all die Schäden, die Sie erleiden mussten, zu entschuldigen.

DON MORO: Ach was, Sie haben zu viel für uns getan, Dottore.

DÖBER: Und dennoch mussten viele leiden und trauern.

DONNA LAURA: Dafür können Sie nichts, Dottore. Nehmen Sie nicht zu viel auf Ihre Schultern, bitte. Trinken Sie doch mit uns, um diese gute Nachricht zu feiern.

DON MORO: *hochbeglückt* Ich vergaß, dass ich keinen Alkohol mehr trinken durfte, wegen dieser verklemmten Therapien. *Hastet grinsend zu der Cognacflasche.*

BATTISTA: Unfassbar. All unsere Sorgen mit einer Botschaft ausradiert.

Döber gesellt sich zur Contessa, während Don Moro allen Anwesenden Gläser einschenkt.

DON MORO: *zur Juristin und zum Kommissar* Stellen Sie sich vor, was wir alles erleben mussten. *Erzählt Geschichten*

CONTESSA: Nun, dich hier zu sehen, hätte ich nicht erwartet, Hector.

DÖBER: *küsst Contessa die rechte Hand* Doch gefällt es meinen Augen, auf deiner ungealterten Schönheit zu weiden. Es freut mich, dich zu sehen, Donatella.

CONTESSA: *leicht errötet (sicher mit Absicht)*

DÖBER: Wie lange haben sich unsere Wege nicht mehr gekreuzt, Mademoiselle?

CONTESSA: Du alter Charmeur. Lange. Schweiz, Graubünden.

DÖBER: In diesem Schloss, als du diesen Consigliere mit einer Schachfigur getötet hast?

CONTESSA: An das erinnerst du dich, aber nicht an unsere erste gemeinsame Nacht?

DÖBER: *flüstert ihr ins Ohr* Ich wollte nur, dass du es noch einmal aussprichst.

CONTESSA: e*rrötet (diesmal wohl unkontrolliert)*

DON MORO: d*rückt Guido ein Glas Cognac in die Hand* ... und dann sind wir wieder hergekommen. Ich hätte nie ahnen können, dass von Döber hier hereinspaziert kommt und uns von der Wahrheit unterrichtet.

JURISTIN: Umso besser, dass die Gerechtigkeit am Ende gesiegt hat.

GUIDO: *zitternd flüsternd* Don Moro...

DON MORO: Also, meine Damen und Herren, signore e signori, lasset uns anstoßen auf unsere siegreiche Familie und die Justiz, deren Schwinge der Gerechtigkeit das letzte Wort im Satz des Schicksals ist. Lasset uns

Don wird unterbrochen; Alvaro mit Blutflecken stürzt ins Kabinett herein.

DONNA LAURA: Alvaro?

DON MORO: Alvaro, was machst du hier?

ALVARO: *greinend, schluchzend* Vittoria…

Alle widmen Alvaro Gehör.

ALVARO: Vittoria, sie… ich hatte sie nicht beschützen können. Es waren so viele… Attentäter… Mafia… sie ist tot. *Heult* Vittoria ist tot – ermordet, vor meinen Augen.

DON MORO: *lässt das Cognacglas fallen*

Vierte Szene

Ein leerer Raum, nur ein Stuhl in der Mitte, eine Schlinge hängt von der Decke. Luigi steht davor.

LUIGI: *weint* Vergib mir… *schluchzt* vergib mir. Ich tat, was ich tun musste. Sie werden es verstehen, Don Moro. Verzeihen auch Sie mir, verzeihen Sie mir für meine Loyalität. Ich… *schluchzt* ich konnte nicht anders. Verzeihen Sie mir. Und du… Töchterchen, das ich von klein auf mitaufziehen durfte… vergib mir w*eint*

Luigi stellt sich auf den Stuhl und bindet die Schlinge um seinen Hals.

LUIGI: Da mihi factum, dabo tibi ius.

Letzte Szene

Don Moro schließt die Tür des Automobils und öffnet seinen Schirm. Regen prasselt gegen den Schirm – dunkle Wolken ziehen über den Himmel. Don Moro geht durch das grünschimmernde Gras – Grabsteine um ihn herum.
Er geht weiter.
Um ein offenes Grab sind Menschen – Regen prasselt gegen ihre Schirme - versammelt, ein Sarg steht daneben. Viele Menschen; Familie di Moro, Familie della Rovere, Don Moros Klientel, Bekannte Vittorias, Menschen, viele Menschen. Contessa erscheint an Don Moros Seite und begleitet ihn zum Grab. Der Pastor begrüßt. Donna Laura kniet am geschlossenen Sarg schluchzend.
Don Moro und Contessa bleiben vor dem Grab stehen und betrachten den Sarg.

PASTOR: Wir haben uns alle heute versammelt, um Abschied zu nehmen von einer Seele, die den Weg zum Herrn besteigen wird. Vittoria di Moro, geboren am 30. April 1932, verstorben am 21. April 1951, heute gedenken wir deiner und verabschieden uns von dir.

Der Sarg wird hinuntergelassen.

PASTOR: Mögest du, Kameradin, Freundin, Verlobte, Schwester und Tochter, friedvoll unsere Erde auf dem Weg zum Herrn und seinem Reich verlassen - und der Staub zur Erde zurückkehrt, wie er gewesen, und der Geist zu Gott zurückkehrt, der ihn gegeben hat. *Wirft Erde hinunter* Erde zu Erde, Asche zu Asche, Staub zu Staub.

Don Moro und Donna Laura gehen hin und werfen Blumen hinunter.

Battista und Annamaria gehen hin und werfen Blumen hinunter.

Alvaro geht hin und wirft Blumen hinunter.

Contessa geht hin und wirft Blumen hinunter.

Familien gehen hin und werfen Blumen hinunter.

Freunde gehen hin und werfen Blumen hinunter.

Kameraden gehen hin und werfen Blumen hinunter.

PASTOR: Wir sprechen nun zu Gott:

Vater unser im Himmel,

geheiligt werde dein Name, dein Reich komme, dein Wille

geschehe

wie im Himmel, so auf Erden.

Unser tägliches Brot gib uns heute,

und vergib uns unsre Schuld,

wie auch wir vergeben unsren Schuldigern.

Und führe uns nicht in Versuchung,

sondern erlöse uns von dem Bösen.

Denn dein ist das Reich

und die Kraft

und die Herrlichkeit

in Ewigkeit

Amen

Alvaro geht zu Don Moro und Donna Laura; sie umarmen sich.

DON MORO: *schluchzend, wispernd* Weißt du, was meine letzten Worte an sie waren? *Weint.*

Regentropfen prasseln gegen die Schirme.

DON MORO: Ich möchte, dass du lächelst – für immer.

Gewidmet all jenen Eltern, die ein Kind verloren haben.

Danksagung

Hiermit möchte ich allen danken, die mich während des Schreibens unterstützt haben. Der Dank gilt dabei meinen Probelesern, die mich auch in anderen Projekten vielfältig unterstützen: Danke an meinen Religionskurs, der mir viel in philosophischen Fragen geholfen hat. Danke an Sie, Frau Mark, für das Probelesen meines Hauptprojekts und Ihr Interesse für meine Werke. Der größte Dank gebührt Ihnen, Frau Dr. Scholz, dafür, dass Sie die Entwicklung meiner Literatur verfolgen, mir stets Rat geben und quasi eine Literaturagentin für mich sind.

Der größere Dank gebührt doch eigentlich dem Hans und Sophie Scholl-Gymnasium, das es mir ermöglicht hat, so tolle und vielseitige Menschen zu treffen. Eine Schule ist nicht nur ein Ort der Bildung, sondern überwiegend ein Ort der Zusammenkunft, ein Ort vieler Gesichter, vieler Gedanken. Der wichtigste Teil, der meine Literatur ausmacht, ist meine Familie, der ich erst verdanke, dass ich überhaupt schreibe. Sie gibt mir Esprit für meine Fantasie, für meine Gedanken und Philosophie.

Auch wenn diese Danksagung schwarz auf weiß nur ein Text auf einer Seite in einem Buch ist, hoffe ich, dass ich allen Genannten damit die Ehrerbietung und den Dank erbringen konnte, den sie alle verdienen. Danke.

Über den Autor

Philipp Kaul, geboren am 09.03.2005, stammt aus der Region um Ulm im feinen Baden-Württemberg. Er ist Schüler der Kursstufe 2 des Hans und Sophie Scholl-Gymnasiums zu Ulm.

Die Liebe zum Schreiben und zur Literatur fand er im Jahre 2018 und wagt sich bis heute in seine unermesslichen Welten der Schrift und des Papiers. Neben dem Lesedrama "Don Moro", das seine erste Veröffentlichung über das selfpublishing ist, hat Philipp Kaul viele weitere literarische Projekte, die er in naher oder ferner Zukunft zu publizieren gedenkt. Sein Ziel war und ist es, ein Teil - wenn auch nur ein ganz kleiner Teil - der großen Welt der Literatur zu werden, der Welt, die doch von allen menschlich geschaffenen die verblüffendste ist.